風紋哀詩

倉石 清志

Opus Majus

この宇宙が故郷であることを思い出した異邦人に捧げる

風紋哀詩

登場人物

商人：粟特人。康国の商人
従者：商人の従者
隻眼：長安から来た盗賊の一人
痩躯：長安から来た盗賊の一人

1.

風紋、
それは世界の表現である。

無尽なる砂模様。
秩序の風と共に生まれては、
秩序の風と共に消えていく。
無窮の表現展開。

運命の風から刻まれ、消除され続ける砂紋。
全ては一者の内なる必然の変様表現である。

2.

遍く広がる交通路。
悠久の歴史を持つ行路。
凛然とした道を進む旅人。

　晩唐の敦煌。或る一角の邸店の宿に、二人の粟特人[1]が滞
在していた。商人とその従者である。
　早朝、二人は宿の門口にいた。そこには隊を組んだ旅商人
の一団が、出発の準備の最終確認をしているところであった。
商人と従者は、その一団の一人の男に近づいていった。その
男は商人の叔父であった。今日、長安に向けて出発する隊商[2]
に彼が参加する。しばらく会えないであろう商人と叔父は、
別れの挨拶を交わした。
　それが終わると、叔父は駱駝に跨った。商人は叔父の旅の
無事を祈った。隊商は隊長の野太い合図によって出発する。
隊列を組んだ一隊は、あっという間に小さくなっていった。

1　ソグド人
2　キャラバン

「さて、明日は私たちが出発する日だな」

　商人は従者にそう言った。二人は、宿の中に戻って行く。
明日の準備の続きをするために。

3.

私は賢俊の反俗者である。

　私は私の父や叔父とは違った。私は隊商に参加しない。私
は団体行動が嫌いである。だからいつも従者と二人で旅をす
る。しかし、それは危険なことであった。そのことは重々承
知の上だ。砂漠や草原は、盗賊どもが多い。そうしたところ
を進むことは、死と隣り合わせであった。そのため、多くの
商人は武装して隊商を編成する。そうすることで、悪漢ども
から身を護るのだ。

　それでも、私は二人旅を選ぶ。たいした理由ではない。私
が自己の反俗精神に素直なだけのことなのだ。そんな私とて、
過去に何度か隊商に参加したことがある。そのとき、こうい
うことがあった。私が駱駝の上で黙考に傾注していると、隊
商の隊長から怒号が飛んできた。「放心するな、周囲を常に
警戒していろ！」と。

　私は即座に反論したが、隊長から嘲弄を受けるだけだった。
実に愚劣な男である。他の連中からは嘲笑があがった。侮辱

10

も甚だしい。おまえたちは誰に向かって無礼を働いている？
それが英邁な私に対する態度なのか？　学を軽んじる愚物ど
もに何が分かるというのか？

　真如[3]への深慮を卑しむな。鼠輩どもめ！　思い惚るところ
か、私は精魂を傾けて妙諦と一致しようと努めているのだ！
それがどれだけ価値あることなのか、おまえたちには分かる
まい。下衆どもめ！　不知のまま一生を終えるがいい。

3　「真諦」、「妙諦」など。「真理」と同義。

4.

愚かな貪欲者たち。

貪婪に今日も古来の交易路を行く。

人生の大半を富の追求に費やす。

おまえたちは飽きないのか？

おまえたちは虚しくないか？

同胞は無形の富があることを知りもしない。

不識のまま彼らの殆どはこの世から去った。

無数の醜怪な風紋が、消え去ったのである。

　　同郷者たちよ、おまえたちは貪汚の者である。下劣な目的
でしか動かない卑俗の者である。愚物の粗末な魂は、なんと
不憫なことか！　暇さえあれば儲け話しかしない拝金主義者
どもよ、おまえたちは人生の妙趣に触れることすらできない
存在なのだ。善徳の真意すら知らぬ鈍物どもよ、おまえたち
は世界の幽玄に選ばれることは決してない。

私は確信した、あの凡俗の連中とは分かり合えないことを。同郷同士であれ、私たちは異なる人種だったのだ。それは私の父でも同様であった。

　父は私が商賈で莫大な利益を得ることを願っていた。父は私が自治聚落の指導者となることを願っていた。父は私があらゆる移住地で名が通ることを願っていた。父は私が商才に富む子宝に恵まれることを願っていた。

　しかし、私は父の期待に何一つ応えることはなかった。私に父の要求を満たす能力がなかったからではない。父が求めるものを求める意志が、私にはなかったのだ。結局、父とは根本的に通じるものがなかった。父とは理解し合えなかった。そのことは少し残念だと思う。だが実父とはいえ、所詮は他人なのだ。私は父や同胞たちとは求めているものが違うのだ。

5.

同胞は自由に大陸で活躍する。

商賈による過忙の日々。

彼らは自由民であるも、

こと商賈に関しては奴隷である。

彼らの誰もが商賈に魅了され、

人生を捧げたのだから。

可滅の富と繁栄、

それらを切望する民たち。

不滅の果実は、至望[4]の中。

僥倖の芳醇な香りの実がならない。

当然だ、ここは空寂の地なのだから。

---

4 「至望（至望性）」、「至想（至想性）」、「至念（至念性）」など。いずれも同義
である。これらの用語は筆者が定義する「理想」の意味ではなく、世間一
般的な「理想」の意味で使用される。

同郷者は富と繁栄の隷属者である。彼らは富と繁栄を求め続ける。これからもそうなのだろう。それらを妄執することが一族の基性[5]だからだ。いや、一族の宿命である。

　彼らは知ろうとしない、富と繁栄がいつか滅びることを。彼らは栄枯盛衰を切実に実感したくないのだ。彼らは祖国の無常を見通したくないのだ。彼らは未来から目を背け、諸善主に常磐の富と繁栄を請うだけ。だが、その卑しい浅慮こそが滅びを招いているのだ。

醜怪な風紋よ、
滅びるものへの執着から脱却することはできないだろう。
ならば、滅びるものと一緒に滅びていくのが宿命なのだ。

5　「要性」、「賦性」など。「本性」と同義。

6.

私は豊麗な風紋。

私は異端である。

私は可滅を求めない。

私にとっての有価値、

それは同胞にとっての無価値。

私は精神の自由を慈しむ。

私は深智の探討[6]に夢中になる商人。

私は気楽に討求しながら旅をする。

私は選ばれし者である。

英俊による尋究は恩恵である。

それは至高者に与えられしもの。

---

6 「尋究」、「討究」／「討求」、「究理」など。「探究」／「探求」と同義。

旅商は討究を目的とする。
価値ある行商。
価値ある行旅。

7.
忠義の花は終焉に咲く。

　私の旅に同行する一人の従者。彼は玄黙の男である。彼は
忠節を尽くす男である。この行商に適任な男である。

　従者は、彼の主人の行商が真如を目的としていることを理
解している。彼は主人の旅が討求において意義あるものだと
信じていた。さて、真偽のほどは定かではないが、その従者
によれば、商人が敦煌に滞在した理由は、景教[7]の資料を読
み耽るため、あるいは亜里士多徳[8]の著作やその注釈書など
を翻訳するためであったと言われる。
　ところが敦煌での滞在費が底をつき始めた。二人は商いの
支度を調えるために、一度祖国に戻ることにしたのであった。
翌日、商人と従者は邸店の宿を後にした。

―――――――――――――
7　ネストリウス派
8　アリストテレス

8.

太陽が燃え盛り始める。

旅人の行く末を照らす。

遥かなる帰郷となるか。

それとも……。

　商人と従者による二人旅。四頭の駱駝が隊列を組んで歩いている。先頭の駱駝には商人が乗っている。

　二列目の駱駝の背には、敦煌で仕入れたいくつかの交易品が積まれていた。たとえば、三反の絹、一口の瓶、同じく一口の壺など。それに数枚の盤もある、いずれも磁器であった。

　さらに、商人の私物も積み込まれていた。たとえば、隙間なく文字が書き込まれた数巻の木簡と数束の紙など。

　三列目の駱駝には、大量の食料と水が積まれている。そして、最後尾の駱駝には従者が乗っていた。

9.

凶運の邂逅をかける者たち。

隻眼と痩躯。

　敦煌の街外れの道。通行人は、商人と従者以外いない。だが前方の道脇の老木の下で、二人の男が座っていた。どうやら酒を飲んでいるようだ。商人と従者が近づいて来るが、男たちは見向きもしなかった。

　商人と従者が、その大きな老木の側を通り過ぎようとしていた。すると、そこで酒を酌み交わしていた男たちが一斉に立ち上がり、刀を振り上げた。男たちは盗賊だったのだ！

「金目の物と食料をいただくぞ！」

　立ちはだかる盗賊たちの脅迫に思わず尻込みする従者と、泰然自若として成り行きを見る商人。

　盗賊たちは刀の先を向けて、商人とその従者に近づいてくる。落ち着きを取り戻した従者は、主人を守ろうとする。商人と従者は、抵抗を試みた。だがそれも空しく、二人の盗賊からあっという間に返り討ちにあってしまった。

盗賊たちは驕慢な態度を見せながら、商人と従者を捕らえて縄をかけた。そのあと、一人の盗賊が商人と従者に叫んだ。「これ以上騒ぐなよ！　さもないと今すぐ殺すぞ！」

　その恫喝に対して、従者は悲鳴をあげる。一方の商人は、急難に直面しているにも関わらず冷静でいられた。それがなぜなのか、本人ですら分からなかった。

　商人は二人の盗賊を見上げた。盗賊の一人は鉄針のような太くて硬い長髭をたくわえており、また片目を失っている。動作が大雑把な感じから、明らかに識見は持ち合わせていそうにない。商人は心の中で、彼を〈隻眼〉と呼ぶことにする。

　もう一人の盗賊は、骸骨のように痩身である。悪霊のような眼差しで睨まれれば、戦慄しない者はいないだろう。商人は心の中で、彼を〈痩躯〉と呼ぶことにする。

10.
従者の決意。

　恐怖で狼狽える従者。他方、商人は悠揚迫らぬ態度で隻眼と痩躯を凝視する。直ぐにその視線に気づいた隻眼。彼は首を鳴らしながら商人に寄ってきた。
「泰然として構えてりゃあ、俺が感心するとでも思ったか？気にいらんな。気が変わった、ここで始末してやる！」
　従者は盗賊たちに命だけは助けてくれと懇願する。痩躯は従者に刀を突きつけて「おまえは黙ってろ！」と叫ぶ。
　刀を振り上げる隻眼。彼は微動だにしない商人の首を狙って、こう言った。
「さあて、長安に帰ったら久しぶりにおっ母にうめぇもんを食わせてやれるな」
「……待ってくれ！　或る財宝の在処を知っている！　それについて話そうではないか！」
　従者はそう叫んだ。
「おい、おまえ！　俺たちを騙そうとするな！」

痩躯は従者にそう言った。

「違う、本当だ！」と従者は反論する。

　隻眼は話を続けろと従者に合図した。

「幻都の楼蘭には不滅の秘宝が隠されていた……」

　従者が盗賊たちに語り始めた。

「恩愛の絆が輝くならば、疲労の限界に達した旅中であれ、それは真に価値ある財宝。それはたいした労力を必要とせず、持ち帰ることができるだろう。おまえたちにとって価値あるものが眠っているのだ！」

　商人は従者の話に耳を疑った。楼蘭に財宝だと？　そこにはいくつかの遺址があった。しかし、金目の物はなかったはずだ……。楼蘭に立ち寄ったとき、従者は私に内緒で財宝を発見し、それを隠したというのか？

　痩躯が呟いた。

「さてさて、胡人の言うことを素直に信じるべきか……」

　隻眼と痩躯は、従者に詰め寄る。従者は「財宝の在処を知っているのは、私と旦那様だけだ！」と叫ぶ。

　盗賊たちはさらに迫った。従者は主人である商人の顔を見た。そのあと、盗賊たちに視線を戻し、首を横に振った。結局、従者は盗賊たちに財宝の在処を教えることを拒否したのだ。隻眼が怒りにまかせて、従者を刀で殺した。

11.
真実の地獄の序開。

　隻眼は、今度は困惑している商人に詰め寄った。
「知っているのは、おまえだけになっちまったな」
　商人は何度も脅されたが口を割らない。隻眼は商人に幾度
も猛打を浴びせる。それでも口を割らない。業を煮やした隻
眼は、彼を殺そうと刀を振り上げた。商人は口を開いた。
「……楼蘭の或る遺跡に一つだけ隠した物がある。それは事
実だ。だがそこは言葉では説明し難い場所なのだ。残念だっ
たな、お二方。さあ、さっさと殺すがいい」
　隻眼は少し考えたあと、こう言った。
「鄯善か……。ではおまえが財宝のある場所まで俺たちを案
内しろ。目的地に着くまでは殺さないでおいてやる」
　隻眼が痩躯に何かを話した。商人はその場で項垂れていた
が、痩躯は顔色ひとつ変えず、商人の両腕に巻きつけた縄を
強く引っ張る。商人は瞬時に態勢を崩す。痩躯は商人を手荒
く立たせた。

盗賊たちは、それぞれ奪った駱駝の背に乗る。二列目と三列目の駱駝に積まれている全ての荷物は、盗賊たちの強奪品としてそのまま運ばれる。先頭に隻眼を乗せた駱駝。末尾に痩躯を乗せた駱駝の順である。

　その最後尾の痩躯を乗せた駱駝が、商人を引っ張って歩いている。商人は両腕を縄で縛られて歩かされている。その縄は痩躯が把持している。

　駱駝の背に積まれた罪悪。欲深き盗賊たち。隻眼と痩躯は、略奪品だけでは満足しない。さらに財宝を熱望して焦熱の砂漠を突き進む。

　私の広漠たる精神は、悪しき砂塵に巻き込まれた。信じられない。ああ、これは夢幻なのだ。何度もそう思い込んだ。だがこれは現実である。今、私は真実の地獄にある。

12.

寂寞の砂漠に刻まれし風紋。
無窮の風が実在した証だ。
進めば、消えゆく砂模様。

敦煌から楼蘭へ。
最短経路を選びたい。
されどそこは、
縹渺たる砂漠の道。
水も緑も乏しき道。
希望なき灼熱の道。
幻都は蜃気楼の彼方か、
砂塵に護られ道を消す。

死の砂漠は、いかなる静謐な魂も焼灼する。
吹き迷う熱風は、悪欲の蜜を濃厚にさせる。

13.

碧空の下、
沙河が遥か地平線の彼方まで広がっている。

暗雲が垂れ込める内心。
慢侮への後悔が募る。
軽侮が災いを呼んだ。
災難は死の覚悟を掻き消した。
恨恨は魂を真諦から引き離す。

　私は目を閉じ夢想した。すると、祁連山脈がうっすらと屹
立しているではないか。雲一つない澄んだ青空。山脈を背景
に、大人数の隊商が一列縦陣を組んで進んでいる……。
　私はゆっくりと目を開いた。隊商に参加しなかったことへ
の悔恨。ああ、この地獄が現実なのだ。それを感受するや、
疲労と渇き、そして悪意が激しさを増す。

遠く地平線に広がる砂丘。そこから一陣の旋風が吹き荒れる。負けじと目を閉じようとはしなかった。私の悪意が意地を張らせたのだ。

14.

内なる善悪の闘争。

善の劣勢、悪の優勢。

周囲は無窮の風紋が刻まれた砂漠のみ。

風によって受動的に形成された模様。

ただ黙って刻まれた砂模様ごときが私を静観している。

だがそれも徐々に変化し、

今では無尽の風紋が哀憫の念を抱いているかのようだ。

それが癪にさわる。

外界に向けられる私の瞋怒。

この砂漠の全てを否定する。

突然の強風が吹き荒れる。

きっとそれは私の激憤が呼び起したのだ。

突風は屈従する無極の風紋に襲いかかる。

私の憤怨は執拗である。

無力な砂模様は一瞬で突風にのみ込まれていく。

実に壮快な気分ではないか。

私は堕ちた。今の私は風紋の消滅を冷笑する者。悪情が増大する。憤恨、嫌厭、艱苦、悲痛などが溢れ出る。怨嗟の声が私の内に響き渡る。もはや制御できない。いや、制御する気も失せたのか。負の感情のままに。その支配のままに。

　内なる悪性の激動によって、私は歩を進めることができる。だが悪念は必ず一旦途絶えてしまう。悪心は断続する。途端に虚無に襲われるのだ。だから何だ。それがどうした。直ぐに新たな負の諸波が押し寄せる。思慮の暇なく、私はまた悪想に駆られる。

15.
悪意は悪意を招致する。
悪意は悪意を刺激する。
それも容易く。

　駱駝の背に揺られながら焼餅を食べている痩躯。彼は両腕
を縄で縛って歩かせている商人の方を振り返り、こう言った。
「死ぬべき時に死ねなかったのは悲惨だな。おまえは俺たち
から全てを奪われた時、死ぬべきだったのかもしれない。地
獄が続くことになるのだから。楼蘭の財宝の存在が、おまえ
を延命させたのだ。俺たちが財宝を得るまで、この砂漠で苦
しみながら衰弱していくことだろう。己の悪運を呪うがいい」
　痩躯は商人に冷淡な視線をおくった。そのあと、再び楼蘭
の方角に視線を戻した。
　商人は痩躯の背中を睨みつけながら歩いていた。

16.

砂漠は強烈な炎熱で灼かれている。
私の心も凄烈な情念で灼かれている。

　今の私は悪意に隷従する者。だが、私は悪情に支配されることを望みながらも苦しんでいる。なぜ懊悩するのか？　まだ抵抗があるというのか？

　ところが、あの悪人どもは私とは違う。あいつらは自身の悪情に支配されているにも関わらず、なぜ苦悩しないのだ？　鈍感なのか？　痴愚なのか？　もちろん両方だろう。だが決定的なのは、あいつらが普遍性を内に秘めていないからだ。

　私にはある。あの屑どもとは違う。……いや、もしかすると同じかもしれない。あいつらを憎悪する私とあいつらとの違いは、それほどないのかもしれない……。何を言うか。違いはある！　私は屑ではない。私の内には道理がある。私は人を殺したことがない。私は他者の物を強奪したことがない。そうしたいと思ったこともない。あいつらとは違うのだ。いや、もっと根源的なところで、私とあいつらは違うのだ。

少なくとも、私は浄慧[9]の探討を愛している。私はゆっくりとだが、その道を歩いている。だから私はあいつらと同じように、無考えに生きていない！

　私が望んでいるのは低劣なものではない。私は商いをして生きている。私が商賈を営んでいるのは、様々な快楽に溺れるためではない。莫大な財を築き、贅沢するためでもない。安泰な老後生活を送るためでもない。

　私は深智によって得られるものを求めている。たとえそれが、目を背けたくなるような事実であっても……。私にはその覚悟がある。究極的には永遠なる原因を求めているのだから。

　そう、私はあいつらとは根本的に違う。あの屑どもの魂は、永遠ではない。或る哲学者によれば、魂の多くの部分は可滅性である。あいつらは自身の魂を救済することに、何ら関心を持っていない。自己の魂を含めた死滅の現実から逃避して、今を刹那的に生きている。あいつらの魂に永遠の憩いがもたらされることはないだろう。

9　「深智」など。「知恵」と同義。

17.
忌々しき世界よ。
蠢く悪意に蠱る。

　冷厳な私はもはや過去。なぜ現状を嘆く？　なぜ運命に抗おうとする？　今の私は、自身の内なる憎悪の狂炎に戦慄している。まったく可笑しなことだ。なぜ憎心を恐れる？

　なぜあの盗賊どもを憎む？　当然だ！　生きる価値なき屑だからだ！　私の寧静な魂は、粗陋な魂によって危殆に瀕し、いまや憎悪で騒ぎ立つ。あの屑どもの悪行が許せない！　あいつらの存在が許せないのだ！　あいつらは真の屑だ！

　私からすれば、人間の多くは屑だ。しかし屑が真の屑になるには、それなりの業を背負っていなければならないだろう。そう、あいつらは業の深い者たちだ。あの真の屑どもは、森羅万象の必然的本性から逸脱して悪心のままに、悪しき魂のままに、栄養を摂取し、感覚し、行動し、浅慮する。

　あいつらの全ては滅びるものである。何一つ永遠に参与することはないのだ。将来、誰があいつらを知ろうか？　誰が

あいつらの形相を知ろうか？　全てが消滅し、何も残らぬ者たちよ、おまえたちは何のために生きているのだ？　まったく憐れではないか。あいつらと昆虫を比べるなら、明らかに昆虫の方がましだ。虫以下の屑どもめ！

　それとも砂塵の方がまだましかもしれない。砂塵は悪心によって他者を殺したり、他者の物を奪ったりはしないからだ。全く迷惑な存在ではないか、盗賊というものは！　他者に害をなすために生まれてきたというのか？　なんという無意味な生き物だ！　私は心から憫笑するぞ、おまえたちの宿命を。

　……いや、冷笑されるべきは私の方かもしれない。私は生きる価値のない屑どもに囚われているのだから。私の生はあいつらの手の中にあるのだ……。ああ、この厭悪の多くの部分は、あの屑どもに支配されたことによって生じているのだ。

　だから憎むのは当然だ。しかし、いったい私を誰だと思っているのだ？　私は真如に愛されし者だ！　私は真諦に導かれし者なのだ！　私は信望を受けるべき存在なのに……。

　ところがどうだ！　無価値な屑どもに捕捉されているのだ！　内発性なき低能者どもに！　この事実に耐えよ、というのか？　この運命を享受せよ、というのか？　答えよ、この世界の造物主よ！

18.

愚問は黙止される。
誤謬は没却される。

　世界は悪意で満たされている。私の精粋な魂は、理不尽な
禍根によって砕かれようとしている。なぜ、私を絶望の淵に
沈める？　なぜ、私を救おうとしない？　凄惨な状況の私に、
救済は不要というのか？　答えよ、この世界の造物主よ！
　私は純粋に真如を尋究してきたではないか？　私は英俊な
人間だ。私は救われるに値する者なのだ！　私を救済しなく
て、誰を救済するのか？　もしや私に気づいていないのか？
それとも悲惨な生を歩むことが、私の宿命とでもいうのか？
世界が私に悲運を決定させたというのか？
　そうだというのか？　ああ、世界の確然性[10]よ。それから
なる諸法則が、私を不幸に定めたのか？　だったら、この世
界を呪う資格が私にはあるはず！　正当な権利ではないか！

10　堅確性

だが、今の私は運命[11]など信じない。確固なるものに刻まれた法則によって、全ての変化態が決定されていることなど到底あり得ない！　浅慮であるかもしれないが、全ては自由意志を有し、それによって各々は各々の前途を選択していく。そういうものではないのか？　答えよ、この世界の造物主よ！

11　定事

19.

砂漠は悲歎を看忙する。
熱砂の波濤がうねりながら襲いかかる。
砂塵が立ち込めて何も見えない。
それでも楼蘭を目指して進む一行。

やがて夕陽は黄金色となる。
太陽が地平線に沈み始める。
商人の絶望は増大する。
盗賊の強欲は増大する。

大欲が易易と関所を回避するかのように。
長城の半壊した所を通過するかのように。
一心不乱、宝を渇求する欲深の魂は猛進する。

20.
諸悪は韜晦する。

　関所地帯。当然ながら、盗賊たちは関所を避けるつもりだ。発見されないように、関所から離れた場所を素通りする。

　今は混迷の時。兵の眼に余裕無し。だが関所兵たちは焦心、鬱屈を晴らすことを熱望しているだろう。彼らが必ず見つけてくれるはずだ。そうなれば、私は敦煌に踵を返すことができる。しばらく宿で休息した後、祖国に帰ろう。ああ、早々にこの屑どもを発見してほしいものだ。

　ところが商人の思いとは裏腹に、関所の監視兵、駐屯兵と遭遇することはなかった。

21.
現実よ、私のために変われ。

　不愉快極まりない！　なぜ、この長安の悪人どもを見つけ
ない？　関所兵は目が見えないのか？　信じられん、通り越し
たではないか！　私が叫べばいいのか？　まさか耳も聞こえな
い者たちということではないだろうな？
　いずれにせよ、この距離では叫んでも気付かないだろう。
それでも抵抗して、叫ぶか？　ささやかな抵抗を示したあと、
盗賊どもに潔く殺されるか？　どうする？　叫ぶか？
　……ああ、安逸にくれる悪漢ども、おまえたちは無価値な
存在だ。生きて何になるというのだ？　今、おまえたちが死
ねば、私という英邁者は生き長らえることができるのだ。そ
れが妙諦のためなのだ。さあ、私のために、おまえたちは存
在するのを止めよ。即刻、死ぬがいい。おまえたちが生きる
だけで、他者に迷惑がかかるのだ。害虫以下の存在者よ、こ
の世から去れ。それが価値ある賢者への貢献なのだ。

おまえたちは成長なき生を無様に送る。人間は賦性的に乗り越えていくべきもの。滅びゆく肉体から離れ、より高次へ。隠れた高次なる者の下へ。そうしたことを意識する正当な者は、意識しない不当な者を哄笑する。おまえたちは野獣に等しい、恥知らずな愚物である、と。

22.

延々と続く渺たる砂漠。

それを包む無情の斜陽。

　関所からずいぶん離れた地帯。檉柳[12]の藪に枯木が落ちている。盗賊たちはそれを拾い、焚火した。

　隻眼は弓を弾く仕草をする。

「……そこで、俺は黄羊[13]を一矢で仕留めたのさ！」

　痩躯は酒を呷りながらこう言った。

「ところでよ、楼蘭の葡萄酒はどんな味だったんだろうなあ。きっと悠揚な味だったんだろうぜ……」

　隻眼は「さあな」と聞き流し、饅頭[14]を頰張った。

12　タマリスク

13　モウコガゼル

14　まんとう

空漠たる砂漠。新たな一日が始まった。気温があっという間に上昇する。荷積みを終えた盗賊たち。

　一行は酷熱の砂魔境を進む。商人は相変わらず両腕を縄で縛られたまま歩かされている。彼は太陽を睨みつけたあと、次に盗賊たちを睨んだ。天運は彼の悪意を増幅させ続けている。

23.

運命が喚起したもの。
深潭につながる悪意。
それは私の内で滞留する。
それは私の内で炎上する。
負の妄念が全てを否定する。

　森羅万象は絶えず展開している。そもそも、不断に展開する広大な世界、いや、悠久の劫波の中で、なぜあのような愚劣な凶漢どもと出会ったのだろうか？　必然なのか？　いや、まさか……。今の私はそれを信じない。では偶然だろう。この不運な邂逅を呪うしかない。それは、私の全感覚を通じて拒否される。

　ところで、人間の全ての行為は感覚から始まる、と言われる。となれば、私は自身の感覚を通じて、悪意に蝕まれ始めたのだ。私が感覚しているこの現実は、私の心を打ちのめし、病ませている。少なくとも、そのことは確かである。

人間は自然の一部であるかぎり、人間の情念もまた絶えず展開していることになる。しかしながら、私の憎悪は濃ゆく強力であった。それは容易く過去のものとはならないであろう。私の憎心は、恒久に現在のものなのだろう。

　私のそれは、私の心を掻き回している。私の内なる厭悪が留まっている。ああ、それは流れて行かないのだ。まるで臭気を放つ淀んだ川のように。汚泥が蓄積した憎悪は、充溢なる光を遮る。

　もしくは、私の憎心は紅蓮の炎。もはや延焼を防ぐことはできないだろう。劫火の如きそれは、一向に消える気配がないのだ。否、この烈火の憎悪を鎮火させたくないのだろう。今の私は、凶猛な焔火によって歩いているのだから。そう、ただ奴らが憎い。この状況が憎い。この世界が憎い……。

24.

砂漠の夜。

今日も極寒を耐え忍ぶ。

皎々たる月。

その光は暖めてくれない。

その光は不幸者を瞰下する。

　私の憎悪は、隆盛を迎えようとしている。現実の全てに向けられたのであるから。内なる小宇宙における数多の憎心が、闇夜で蠢動する。

　無窮の星々が夜天を覆っている。私の或る学友が、星辰のことを「悪魔の光」または「悪魔の火」などと言っていた。今の私ならば、彼の言葉に同意できる。

　規則正しき星辰の運行。整然としたそれらが不気味に映る。憎らしい。だがそれ以上に、私は怖気立つ。背筋が凍りつく。底冷えする夜のせいなのか？

今の私は不幸である。そもそも、世界は不幸である。たとえば、頭上の星々。神々しき星辰の要性を誰も知りはしない。しかし私は知っている。その輝きが偽りであることを。神々と称される星辰は、その転回を通じて不幸を律動させる。

囚われの身、焦熱の砂漠、凍える夜、希望なき朝。
全ては峻拒すべき不幸な現実。

25.

陽炎の立つ灼熱の砂漠。

風が吹き出し、砂漠の砂が舞い上がる。

砂塵の迷霧に包まれて全く見通しがきかない。

内なる光明も見失う始末。

　風が静まる。青天白日の下での小休憩。無関心の駱駝たちは草を食んでいる。

　窪地に檉柳が茂っているところで、商人は両腕を縛られたまま寝ている。商人から少し離れたところで、隻眼も寝ている。彼は大鼾をかいていたが、やがて自分の鼾で目が覚めた。痩躯は干し棗を食べながら、隻眼に尋ねた。

「なぜ、あいつを歩かせる？」

　隻眼は欠伸をしたあと、こう答えた。

「ふん、気にいらんからさ。それに何か重要なことを隠している。ああ。そうにちげぇねぇ……。砂漠を歩かせ、その苦しみに耐えられなくなったら懇願し、隠し事を洗いざらい白状するだろうさ」

「死んだらどうすんだ？　徒労に終わるぞ」と痩躯。

「死なん程度に痛めつけてやる」と隻眼。

「おまえの得意とするところか」と痩躯。

　商人の緑地の夢。緑地に真っ直ぐに伸びる樹々。生命に輝く姿は堂々と。白楊[15]か……。

　隻眼が商人を蹴り起こす。幻影に戯れる一時が終わったのだ。商人は大きな咳をしたあと、砂塗れの体を叩く。すると、彼の腹が鳴る。痩躯は「腹いっぱいに饑飯が食いてぇな」と小言を言う。

　商人は盗賊の目を盗んで、懐に忍ばせておいた少量の干し葡萄を口に放り込み、ゆっくりと実にゆっくりと噛みしめた。僅かな栄養も憎悪の糧とするために……。

　隻眼が駱駝を駆り立てる。砂埃を上げて楼蘭を目指す一行。

15　ポプラ

26.

山脈が浮かび上がっている。

蜃気楼なる悪戯。

それは旅人を欺こうとする。

ゆらゆらと幻影を作り出す。

　紺碧の空の下、怒号が飛び交っている。隻眼と痩躯が口喧嘩を始めてしまったのだ。揺らめく蜃気楼は、悪漢たちを蔑視するかのようだ。

　ほどなくして、旅の疲労もあってか、二人の口論は収まった。幻相に流されるだけの盗賊たち。一方、内なる悪想に憂悶している商人。

　過酷な砂漠によって、誰もが活力を略取される。残存するのは、負の幻象だけなのか？

27.

否定による形象。
拒否による異象。
抵抗による影像。

現実の拒絶は迷妄を肥大させる。
森羅万象は消極性であるのだ、と。

　憎らしい屑どもを見よ。無自覚や呆然自失によって、小康
を得られるようだ。微睡の中に甘んじていれば、何も葛藤す
る必要などない。実際、多くの者にとって、現実と真摯に向
き合うことは至って苦痛である。堕落の状態が最も安易なの
だ。だから堕落し、真如に無関心になり、永遠の価値を失う。
　堕落。それこそ、この世界に相応しい。堕落は邪悪なもの
で、偽主の戯具の一つの在処を示す。世界の正体の一面は、
堕落によって顕在化される。世界の隷属性が浮かび上がるの
だ。世界は悪の意思に隷従しながら消極的に活動している。

世界は造物主の基性に準じる。世界の造物主の基性は、最
低消極性である。世界の基性は消極性である。世界は消極性
の渦。終わりなく、入り乱れた負の螺旋模様。

　希望はない。世界に積極性は存在しない。それはこの世界
には実在しないのだ。積極性は心像である。それは虚構の産
物である。消極性に毒された魂は、積極性を嘱望する。消極
性に蝕まれた魂の宿願。決して届かぬ至高の一端に縋る虚無
なる行為。

28.

世界を呪詛する汚濁思念。
悪意なる烈風の変状展開。

　或る景教徒が、次のように語った。生まれた時が最も純粋
態である、と。彼からすれば、魂が宿ったばかりの新鮮な肉体
は、魂と同様に純粋なものである、ということなのだ。瑞々
しく滾溯とした純粋態は、この世界の住人となるや汚れてい
く。老年には汚物のように変様し、死はその酷い汚穢をこの
世から去らせ、清浄へ誘うのだ。

　だが私は思う、世界が汚れたものであるなら、人間は世界
の造物主によって、世界における人間として実在化されたと
きには既に汚れているのだ、と。全ての人間は、世界の内で
誕生する。この世界は悪しきもの。ならば、世界に産み落と
された様々な肉体もまた悪しきものである。この世界によっ
て、生命は肉体を強制される。全ての生命体は、世界の造物
主によって有無を言わさずそれをあてがわれるのだ。そう、
悪しき肉体を。

悪しき世界の悪しき住人として生きなければならない定め。
誰がそれを望もう。誰がそれに感謝しよう。誰がそれに充実
しよう。あらゆる事実は呪われているのに！

　呪われし造物主よ！　私はおまえに、私を産む許可を与え
ていない！　おまえは無責任に私を呪われた世界へと産み落
とし、私を嘲笑う。そして私の悪情、たとえば憤恨、厭悪、
艱苦などを冷嘲する。楽しいか？　呪われし世界で這いずり
回る者を観賞することが。

　不条理な世界の看守よ！　おまえの世界は、邪悪な牢獄で
ある。この世界で誕生したことは牢獄に入れられること。私
の魂は悪しき牢獄にある。今の環境は最悪だ。私はこの邪悪
な場で、最も酷い仕打ちを受けているのだから。

　世界すなわち宇宙は暗澹と流転する。宇宙からの阻害が、
宇宙への敵愾を生む。宇宙への怨恨が、宇宙で生きる動機と
なり変わる。私の内に潜伏していた僅かな反宇宙思想が、迅
速に肥大化している！　それは確かなものとなっている。

　私は私の現実の体験を通じて感知する。この宇宙が邪悪で
あることを。この宇宙が常闇であることを。そして、かの宇
宙は神聖であることを。かの宇宙は光明であることを。そう
した思念が、私の内に根差してきている。

私はこの偽の宇宙を忌む。私はこの熄滅の宇宙を軽蔑する。そして、私はかの真の宇宙を希求する。私はかの恒久の宇宙を賛美する。そうした思念が、私の内に根差してきている。

　ああ、いまや私は極端な二元論に陥ってしまった……。止めなくてはならない。反宇宙の思念[16]すなわち反宇宙観[17]よ、直ちに去れ！ 浅薄な厭世観で何が実ろうというのか……。

　私は既に、そうした主義・信条では、宝の果実が収穫されないことを知っている。しかし私の憎悪による宇宙への否定は、私の知慮を無視して烈風のように急激に定着してきている。暗澹と流転するこの宇宙の負の意思のままに……。

16　否定宇宙の思念
17　否定宇宙観

29.

反宇宙思想・否定宇宙思想 [18]。
それは反本性思想・非本性思想 [19]。
反宇宙観・反宇宙論 [20]、
それが今の私を支配する……。

宇宙を憎悪する、反宇宙の観念によって。
私の邪念に宇宙が応答するかのようだ。
ああ、私はついに乱心したのか？
そうであるなら結構なことだ。
この宇宙は狂気であるのだから。
宇宙の邪念と一致したのである。
冥闇の意識を漂浪する、悲憤に促されて。

18　反宇宙的の思想・否定的宇宙思想または反世界思想・否定世界思想 / 反世界
　　的思想・否定的世界思想
19　反本性的思想・非本性的思想
20　反世界観・反世界論

30.
肉体は重荷。

　邪悪な宇宙の意思は肉体を産出した。そして、その意思は魂を肉体に監禁する。肉体は魂の牢獄となった。肉体が生まれるや直ちに悪臭を放ち、滅びに向かう。一刻一刻と滅びに近づいていく。何のために醜悪な肉体を産出したのだ、邪悪な意思よ？　それは巨悪を認めさせるために。巨悪を崇めさせるために。巨悪を孤独にさせないために。

　魂は変化していく醜い肉塊を通じて、邪悪な意思の先にある最善な意思を捉えようとする。だがそれが汚濁の魂なら、虚しい行為である。最善なそれを妥当に認識する能力がないのだから。そう、肉体に屈服した魂であるかぎりは。

　魂を閉じ込めた肉体は、滅びに向かって虚しく変化していく。無尽の変化態は、邪眼に監視されながら、この汚れし世界の内で全てを否定し続ける。しかし、巨悪の冷笑、悪運の鎖が断ち切れることはない。

現世に産み落とされし排泄物。
陋醜な肉塊は悪の世と繋がる。
不要である！
この不浄の肉体を捨てたい。
この汚物は不幸の塵である。
滅失すべし！

31.

苦熱の砂漠。
熱風が濛々と砂埃を巻き上げる。

立ち昇る悪意の熱気。
世界に向けられた否定。

邪悪な世界で生かされる苦悩。
その煩悶は衰えぬ、消えぬ。
それどころか増大する一方。
苦衷は私の魂を破壊している。
世界はそんな私を愁嘆しない。
艱難は実在の資格である、
そう言わんばかりに黙視する。

なぜ私は懊悩するのか？
私はそれを忌み嫌うのに。
だが苦患は遠ざからない。
むしろ私を呪縛している。

私の艱苦が事実を諭す。
この苦楚は実在する。
辛苦は私の存在を証明する。
小宇宙に響き渡る慟哭。
途絶えぬ拒絶による悵然。

私の魂は久遠の時を刻み続ける、
無限に回帰する邪悪な世界で。
私の魂は長久の恐怖に耐え忍ぶ。
果たして明光の逃路はどこだろう？
無終の内で、私の魂は疑懼する。
無論、刹那の康寧すら与えられぬ。

黙然とする世界の威圧。
私の憎心が強圧される。
激甚な落胆からなる疾悪。
退路なき悲運への怨憎。
世界との悪縁に対する怨毒。

私から拡大された厭悪は、この世界の厭悪でもある。
この世界から拡大された厭悪は、私の厭悪でもある。

この世界の完成度は低い。
この世界は欠如している。

32.

煮え滾る負の感情。

情念は我儘な小児。

幼子のやまない大号泣に誰もが疲弊する。

だが、幼児には啼泣する理由があるのだ。

泣き叫ぶことは、命をかけた主張である。

　未完成なる負の世界に、私は在る。私の迸り出る無尽の負
の感情を、世界は受け止めるどころか、それを快楽と見なし
絶頂に向かう。負の世界は、私の激情の放熱を恍惚として聴
き入るのみ。私の熱願は、単なる一性感帯にすぎないのだ。
　なんたる侮辱だ！　私は身を震わせる。私の怨嗟が満ちてい
く。この負の世界への対抗意識は高まるばかり。ああ、貪婪
の世界よ。意地汚い底は、数多の悪を貪り食う。だが、この
世界は決して満腹にならない。世界は飽満にして、それでも
まだ数多の悪を丸飲みしようとする。飽食の世界よ、腹に悪
を詰め込み続けるその醜悪さよ。

私は悪の世界を否定する。だから私は、悪しき情念を吐き出す！　私の実直な叫喚・流涕は、反抗心の表れなのだ。

　私の醜悪な肥満の嫌厭が破裂しそうだ。私の脆弱な理知はもはや限界。理知が決壊すれば、私の暗黒の小宇宙で、怨念の颶風が拡大する。その悪意の爆風の襲来に、誰もがのみ込まれることだろう。誰もが私のどす黒き嫌忌の邪血を浴びることだろう。憎悪は凶悪な疫病である。それは肥大化しながら伝染する。いずれ私の颶風は、私自身に牙を剝くだろう。それが全ての悪意の宿命なのだ。

33.

大宇宙との因縁の証。
小宇宙に咎の烙印が押された。

　苛酷な苦役を強制的に課せられる大罪の世界。私はその世界の住人である。私は自身の内に、咎人の烙印があることを確認した。咎の宿命に対して憤慨するのは当然のことである。その義憤は、私の精神が正しき方向に向いていることを示す。またそれだけでなく、私が英邁であることも。

私は全く違うのだ、
痴愚者どもとは。
私の慧眼は真の力。
私の犀利・綿密な知。
私は己の要性に準じ、
悪の空寂を看破する。

私の深慮は、天理に適うものである。私の真如の尋究は、無窮の正理である。私の真諦の探討による答は、いかなる環境下においても如実に再現される。

　私は討求者である。当然ながら、世界が悪性であることを熟知している。現実の知解は、私に何度も内省させるだろう。その理由は単純である。私の霊知は、真の至高者のみに向けられているからだ。私は至高者の真髄[21]と精髄[22]を愛求する。私は充溢なる世界を渇望する。この邪悪な世界から脱して、唯一の至高者の下で、永生の参与を切望する。

21　「神髄」、「本髄」、「精華」など。「本質」と同義。
22　「要諦」、「要精」など。事物の「本質」に直接に関係する部分すなわち順性。もしくは、事物の「本質」に直接に属する部分すなわち順性。

34.

無実の罪。

無実の者は、潔白を主張する。

無実の意識は、現実を超えようとする。

　賢哲である私は、この世界の造物主に毅然として訴える。自身を至高者だと偽る造物主よ、おまえの世界は塵屑である。無意味・無価値だけで構成された世界。邪悪で不完全な世界。そのような世界で自由意志の介入なく産出された者の一人として、すなわち咎人の烙印を押された一人として、狂った偽主のおまえに訴える。

　なぜ、おまえは私に罪を着せたのだ？　私はこの不純な世界で生かされる罪を犯したというのか？　私はそれほどの大罪を犯したというのか？　咎人を創造することに何の意味があるのだ？　一人や二人ではない、無数の咎人を産出して、いったいどうするのだ？　その無意味な生産に、宇宙の理法がどのように整合するというのか？　大罪と天理との連続性など皆無だろうに。だから、なぜなのだ？

狂った造物主よ、私は真の至高者に与えられた明知[23]を善用して、諸々の真如を尋究してきた。精魂を込めて実相を究理してきた。

　それゆえ、私は同胞とは違うのだ。私は富や地位に惑わされていない。そうしたものによって、腑抜けることなどなかった。むしろ私は、富や地位を討求の手段として得るだけにとどめた。私の生の主要目的は、真諦の探討にあるからだ。

　実際、その活動に邁進してきたではないか。これ以上の最上の生が、他にあるだろうか？ 不死に肖る生き方以上の高次の生など、存在するのだろうか？

　この宇宙の造物主よ、罪を着せるのは私ではないはずだ。そうだろう？ おまえの内には、真の至高者の爛然とした慈愛が振盪しているのではないのか？ なぜ、懊悩の深底に私を叩き落す必要があるのだ？ なぜ、浄慧の探討者である私に、すなわち稀代の明哲なる私に罪を負わせるのだ？

　この宇宙の支配者よ、私は潔白なのだ。無実なのだ！ 私の精粋な魂は、邪悪な世界で生かされる懲役刑に不服を申し立てている。私の透徹した訴えが聞こえているのだろう？

23　「理性」、「理知」と同義。

なぜ、答えてくれぬ！　なぜ、無視するのか？　見向きもしないほどに、私を嫌っているのか？　もしくは無視ではなく、黙過 [24] しているというのか？　黙過を保ち続けるほど、おまえの精神は強靭だというのか？　おまえは叡智に長けているというのか？　おまえが？　狂者のおまえが、叡智に基づき活動しているだと？

　或る神話によれば、おまえは至高者の神性の知恵によって産み落とされたとされる。今はそのことを否定すまい。だが、これだけははっきり言っておこう。おまえが知者であるなどとは実に狂気じみた冗談だ。

24　「黙過」あるいは「黙殺」。黙過とは健全な離隔のことである。換言すれば、知性を主体にして黙過すべき対象から遠退くことである。それゆえ、黙過は不健全な離隔、すなわち「無視」や「軽視」などとは異なる。

35.
世界の造物主よ、
おまえは屑物だ。
おまえは小物だ。

　万善から遠い悪主。おまえは完全に善知と善愛が欠如している。だから真相はこうなのだろう？

　おまえが咎人たちを創造する主因は、おまえの脆弱にある。そう、おまえが咎人を無窮に創造することは、おまえの弱さ、繊細、傲慢さなどによるものなのだ。この世界の造物主よ、おまえは屑物なのだ。おまえは小物なのだ。おまえは自身の大罪を隠蔽するために、数多の罪を創造したのだ。どうだ、図星だろう？

　偏狭な偽主よ、おまえは自身の最悪な大罪を隠すために、無数の罪性を創造し、群がらせた。おまえは、蝟集の中に自身のそれを紛れ込ませたのだ。分与された数多の罪物は、その賦性のままに蠢き、互いの罪を責め合う。おまえは醜悪な罪沼の中に韜晦し、咎人どもの蠢動を嗤笑している……。

悪主よ、おまえは姑息な存在だ。なんたる卑劣な行為。なんたる愚かな行為。おまえは最低な卑怯者である。おまえは最低な虐待者である。おまえは弱者の極みである。おまえは愚者の極みである。

　狭量な狂主よ、もう一度言おう。おまえは屑物だ。おまえは小物だ。おまえの性格は捻れている。おまえの心性は異常だ。いや、真に狂っている！　おまえは真の狂者なのだ。

　おまえの狂性は、森羅万象に分与されている。あらゆるものもまた狂っているのだ。強制的に産出された醜悪な宇宙の要諦も狂性に属するのだ。宇宙の本髄は歪んでいる。私はそれを確信する。根拠があるのだ。宇宙の造物主の計略が、有害な汚穢であるからだ。なぜそう言えるのか？　宇宙の全てが悪だからだ！　造物主の産物の全ては、無意味・無価値だからだ。宇宙の全ては苦楚と厭忌をもたらすのみ。誰が心から、そんな劣悪な宇宙を賛美することができようか？

　私は宇宙の理法を拒絶する。私に無実の罪を着せたからだ。望んでもいない世界に産み落とされ、無実の罪を着せたのだ。私の魂は潔白である。大罪の元凶よ、私を無罪放免にせよ！

　私は狂主とその狂世界を非難する。私はこの世界への排撃を貫徹する。私の現実への拒否姿勢には覚悟がある。さあ、大罪の元凶よ、私を無罪放免にせよ！

とはいえ、私は既に知っているのだ。悪主よ、おまえにそんな御業などないことを。おまえは全能ではない。むしろ、おまえは無能である。おまえには善の力能が皆無なのだから。せいぜいのところ無意味と無価値を産出するだけの情けない存在なのだ。偽主よ、私はおまえに呆れ果てている。

36.

酩酊した痴愚の魂の群。
それらを幽閉する世界。
ここは悪が栄える魔境。

　私は下級主の不完全な世界を軽蔑し、完全な世界を希求する。私の精粋な魂は、至高者との共鳴を要請する。私の偽りなき求道心。私は至高者に至る道を観ている。

　私は選良者である。私は真主を認識し、自身が明哲であることを自覚する。私は充溢なる世界に入れる魂を有する善者である。彷徨う諸魂を俯瞰する資格が私にはある。

　私は見下ろした。無実を着せる罪深き世界が、空虚に展開している。そこでは善意は無力である。そこはあらゆる悪意を産出する真実の地獄。この世界・宇宙・現実は、絶望の幽世。複雑に入り組んだ魔窟には、強制的に産出された奴隷たちが喚叫する。気力をなくした者たちが鳴咽している。阿鼻叫喚の世界に、希望は皆無。無窮の魂が、この不条理な迷宮を彷徨っている。

ここは悪主による悪世界。世界は牢獄、人間は囚人。人間の歴史は囚人の歴史。人間の魂は永劫に幽閉される。産出は久遠の世界に魂を幽禁するための機構なのだ。まさに真実の地獄。囚人たちは敗北感に打ちのめされている。自身の無力を思い知らされている。この地獄から脱獄しようなどとはもはや願わない。囚人たちは虚無のままに愁嘆している。

　囚人たちの銷魂。数多の囚人の魂が、この悪の世界で麻痺している。数多の魂は、呆然自失の状態である。数多の魂は、充溢なる世界の存在に無知である。実に不憫なことだ。自身の魂の不死性の前途に無自覚なのだから。

　数多の魂が毒酒を強要されている。この世界の毒酒を飲まされ、苦しみながら酩酊している。魂の真性を忘却させる不知の酒を呷る。猛毒に侵された世界で、毒酒が醸造され続ける。今日も衆愚の魂は、粗悪な安酒に依存する。

37.

悪想で敷延する選民意識。
日輪眩耀により醒覚する。
疲労と渇きが警醒させる。
心の空隙に入り込む現実。

　延々と連なる妖異な大地の造形物。一行は奇怪な形状をした風化土堆群を通っている。太古からの風食によって形成された雅丹[25]地形。それは猛風による造形物であった。
　狂風が襲ってきた。けたたましい風の音。恰も龍の咆哮のようである。ひどく怯える痩躯。
「悪鬼の領域だ！　ここには無数の悪鬼がいる！」
　絶叫する痩躯を白眼視する商人。再び猛悪な砂嵐。商人は目を開けることができない。隻眼は苦悶に歪み、痩躯は竦み上がる。

25　ヤルダン

突風は悪鬼の咆哮。
熱風は悪鬼の怒号。

　奇怪な姿群にて、痩躯が悪鬼の声を聞き、恐れ戦いている。
彼いわく、悪鬼はここで死んでいった者たちで、強い怨念を
もっているそうだ。
「ああ、琵琶の音色が暫く流れてたんだ……。ところが、突
然その曲が止むや、悪鬼どもが叫びだしたんだ！　悪鬼の絶
叫が、新たな悪鬼を招いたに違いない！　この怪叫を聞くな、
取殺されちまうぞ！」
　恐慌状態の痩躯。隻眼はしばし途方に暮れた。商人は痩躯
の言動に憫笑する。
「絶景かな。真実の地獄の光景……」

38.

悪風が吠え狂う真実の地獄。
儚き咆哮に震恐しながらも、
永遠の光芒が放たれている。

　真実の地獄。そこでは少数ながら選良者が存在する。霊知
に準じて魂の脱出を試みる者たちがいるのだ。さらにそのな
かには、次のような疑問を抱く者がいるだろう。魂の全ては、
この地獄から脱することができるのだろうか、と。それとも、
魂の一部分だけなのか？　もしそうなら、魂のどの部分が解
放されるのだろう？　栄養摂取能力は解放されるのか？　感覚
能力はどうなのだ？　運動能力は？　思考能力は？

　私は師から魂のことを教わった。私の師は知恵の館で学ん
だ賢哲だ。師によれば、まず人間は形相と質料からなってい
る。形相である魂と質料である肉体は、完全に成立している。
魂が完全であるためには肉体が必要であり、肉体が完全であ
るためには魂が必要である。

魂とは自然様態の形相のことである。もう少し厳密に言え
ば、可能的に生命を有する自然的物体の形相としての基原[26]
のことである。魂とは生命存在の第一原理のことである。

　しかしながら、植物魂や動物魂は、生成消滅に影響されて
しまう。そうした魂は、身体が消滅すると同時に消滅する。
それらの魂は、他存的あるいは依従的なものだと言われる。

　だが、理性魂だけは消滅しない。植物には植物魂が、動物
には動物魂が備わっている。人間も固有の魂を有している。
それが理性魂である。その人間の魂は、自己の植物魂と動物
魂の機能を行使することができる。理性魂は、理性的原理で
ある。それは植物的な、動物的な機能の原理でもあるのだ。

　そのような魂の知性認識は、身体性から独立して遂行され
る。知的原理である理性魂は、自存的なものである。何もの
にも作用されず、ただ作用するだけの理性魂。それは永遠・
不死なのである。

26　相原

39.

能動理性からなる一筋の光。
その理性は、可能態を実現態にする、
悪の世界のあらゆる作用を受けずに。

　私の善魂が危険な状態に陥っている。悪の造物主は、私の
善魂を解体し、この悪しき世界の一部として再利用しようと
企んでいる。魂の不滅性を保持しなければならない！　不滅
の魂の部分を、悪主は滅ぼそうとしているのだから。

　私は至高者を大望する。この真剣な願いは、至高者の正義
と慈悲によって考慮されるだろう。不滅なる善の規準に適う
私の敬神は、直ちに至高者に届くはず。そして、至高者の善
性に基づき、私の魂の不死性は守護されることだろう。

　魂は形相である。その真髄は至高者によって分有された永
遠性・不死性である。魂は自己的存在ではなく、分有的存在
なのである。ああ、そこに希望が見出される！　私の理性魂
すなわち精粋な魂は、至高者と通じているのだから。この事
実は、私を心から慰めてくれる。この事実は私を救ってくれる。

精粋な魂は、能動知性である。それは作用を受けず、作用する理性である。それゆえ、その知性は諸々の心的作用だけでなく、作用を受ける知性すなわち受動理性に由来する一切のものからも影響を受けない。能動理性は、受動理性に由来する個別性を超越しているのである。

　その不滅の理性は、悪しき世界の塵埃を払って天翔ける。能動理性は光のような存在である。悪しき世界には僅かだが光があるのだ。私なる個物が滅びたとしても、私の内なる光は輝き続ける。それは至高者によって着火された不滅の魂であるから。それは至高者の力能に適ったものであるから。

40.

宿命はこの世界の束縛性。
魂を閉じ込める悪の世界。
悪しき物質界から善魂は脱出する。
私は異邦人[27]であることを自覚した。
霊知による異邦性[28]の知解によって、
善主の世界に向けて飛翔するのだ。

　私はこの悪しき牢獄の囚人ではない。私はこの世界の住人
ではない。私はこの世界に適していない。私は異分子である。
私は異邦人である。
　私は異邦性を覚知する。私の内なる異邦性は、私の要性が
善であることを教示する。私の内なる異邦性は、この悪の世
界から背離することを教示する。私の内なる異邦性は、それ
が充溢なる世界の扉を開く鍵であることを教示する。

27　部外者、異質者
28　部外性、異質性

自己の内奥に埋もれた霊知によって、この邪悪な領域から脱却できるのは極僅か。汚れなき魂を自覚する者だけである。そう、異邦人だけだ。異邦性を自覚する無実の者だけなのだ。

41.

吹き荒ぶ風、
一時静まる。
思想もまた。

　悪の世界は全てを慄然させる。この世界には、恐慌が蔓延している。この世界は悍ましき領域なのだ。恐怖の元凶の脅嚇によって、世界は生命を制圧する。僅かな善の真髄と要諦を蝕むために。

　だが臆するな、自身を想起せよ。私は元悪に抵抗する者である。私は霊知を有する者である。私の善性の意思は、この世界の秘匿なる枢軸を看破した。そして、私は覚醒した。私は、この世界の正規の住人ではなかった。私の故郷は、この世界ではなかった。

　私の内なる異邦性を通して、私自身が真に合一しなければならない対象を討求する。ところが異邦性を自覚する善者は、この偽の故郷で憂愁と寂寥に虐待されている。しかしそれでも、悄然としながら真の故郷に憧憬する。私は異邦人である。

異邦性を自覚する善者は、真の合一を実現するために、偽の憂愁と寂寥に負けず懸命に深慮する。その無終本拠への真摯な敬慕は、上級の粋美の一つである。

　さて、異邦の善者であることの自覚は、私の心に余裕を生ませた。私の精粋な魂は、至高者と連接している。その霊知からなる知解が、私の心に慈悲を生ませたのだ。私の綽々たる意気を感じとるがいい。無能性への恩情を。悪主とこの悪の世界に、私は少しだけ憐憫の情を抱くことができる。低級なものに一つの慈悲をくれてやってもよい、今の私はこのように考えている。

　その異邦人は、この悪の世界で、精粋な魂の活動によって善の芽がでないものかと期待する。どんな小さなものでもいい。悪の世界に善を発芽させ、それを契機に悪の世界と理解し合えないか、と。純粋な魂は、悪の世界に説得を試みる。それは困難であるに違いない。いや、不可能に近い。だが和解を求めるのは、私の不滅の魂からなる善の意志である。だから、その挑戦に価値を見出せる。

42.
高位なる知恵の過失、
それは大いなる矛盾。

　私の善なる意志は、和解を図ろうとする。一方で、この低
級世界の全てが悪性であることを教示する。内なる霊知の導
きに従えば、ここには肯定されるべきもの、信頼すべきもの
は存在しない、という結論に当然ながら達するわけである。
　それもそのはず、霊知による神話によれば、悪しき世界の
造物主は、知恵の規律違反によって誕生したのであるから。
この世界の造物主は、至高者の神性の知恵すなわち高位なる
知恵によって誕生した。少し言葉を付け加えると、至高者に
対する欲望と好奇心を付随した意思を契機に、それは誕生し
た。その知恵は、至高者への理解欲が高まっていた。至高者に
対する欲望と好奇心は、神霊界では最下位である知恵にとっ
て身分不相応の大胆なものであった。高位なる知恵の知識欲
は、大いなる過失と判断されたのだ。

やがて高位なる知恵は救済されることになるのだが、ここ
で重要なのは、後に過ちを悟った知恵は、自身の悪情を切り
離すことに成功した、ということである。知恵の過失は切り
離され、捨てられたのである。そう、その廃棄されたものが、
この世界の造物主なのである。

　さて、その古の物語は、下級主が不憫な存在であることを
示唆する。事実、尊大な賦性の悪主は、無窮の憐れな悪性・
無価値性を造物することで、自身の悲哀を慰め続けることに
なる。あるいは、自己の無能を慰撫するために、悪欲によっ
て自己の被造物に暴慢に振る舞い続けることになる。しかし
ながら、その無様な行為によって、完全に満たされることは
なかった。悪主の本髄上、何一つ善性・価値性を生産するこ
とができないのだから。

43.

造物主は低級な迷惑者である。
その者は自己の創造力に昂然とする。
自己の力を誇るほど愚かなことはない。
下級主の世界に優秀性があることを願う。

世界の僅少な善と膨大な悪。
その解離性または対極性は、
悪の世界で絶えず常住する。
異邦の善者の魂は帰郷する。

　私は真諦を悟る者である。私ならば、自身の善の力を誇る
ことが許されよう。私にはその資格がある。実際、私の力は
真に優れたものだ。私の慈心、憐情、同感などに感恩の念を
抱くがよい。英俊の善者が、この悪の世界に慈悲を施そうと
しているのだから！

86

ところが忌ま忌ましいことに、廃棄された悪情である下級
主に善志は届かない。善の意思が全く欠如した相手なのだか
ら。下級主の慢心を諫言できる善者は、この世界にはいない。
それゆえ、醜悪な糞主の自己過信は無際限に続く。その高慢
な下級主の見栄は、真の知識がなければ見破れない。それは
実に煩わしいところなのだが……。だがもし下級主の活動が
さもしい悪性であることを見抜いたとしたら、それでもその
者の仕事の成果であるこの世界を肯定できるだろうか？

　世界が邪悪なものだとしても、その内には驚愕すべきもの
がある。そのように感じることがある。そのことは正直に認
めよう。そう、邪悪な世界でも胸を打たれることがある。た
とえ下級主の底無しの自慢・誇示による産物だったとしても、
私はこの世界の何かに心を奪われることがある。この世界に
も詠嘆、驚嘆すべきものがある。素晴らしいものもある、こ
のことだけでも肯定することができるのでは？　とはいえ、
世界への疑心暗鬼が、決して消えることはない。

　この世界は悪である。だから私は異質性を強く意識するの
だ。この世界が悪だと妥当に理解することによって、異質性
すなわち異邦性は顕著になる。実際、世界の要性が低級な悪
性でなければ、私の内に異邦性を見出すことはなかった。世
界の悪性と私の善性との解離性・対極性によって、それは生

風紋哀詩　　　　　87

じるのだから。

　こうして、私は自身が異邦人であることを悟った。この世界には、私の居場所はなかった。この世界は、私が住むところではなかった。この世界は、私の故郷ではなかった。私はこの世界に情けをかけながら、魂郷に向けて旅をする……。

44.

妙諦への長い旅路。

私は世界から去る者。

　今朝は蜃気楼が浮かばない。痩躯が商人に叫ぶ。

「おい！　このまま真っすぐに進むのか？」

　商人は周囲を確認する。そして痩躯に頷いてみせた。

そもそも、私は異邦人である。

砂漠の道なき道の記憶ほど不確かなものはない。

だが道を間違えれば、確実に獣ど゛も゛に殺される。

砂漠は太陽に焼き尽くされている。

私の慈心、憐情、同感が焼け焦げていく……。

ああ、意識が朦朧とする、

灼熱の猛威、疲労、全身の痛み、空腹、渇き……。

しばらくして、風が吹いてきた。一行は目紛しく強弱を繰り返す風の中を進んだ。

　やがて余光が空を紅に染める。早急に熱を放出する砂漠。太陽が隠れるや直ちに冷えてくる。盗賊たちが枯枝、枯幹を集めて焚火する。

　痩躯は商人に小さく口笛を吹いた。痩躯は隻眼の目を盗み、商人に干し杏を投げて渡した。商人がそれを口に入れると、砂がじゃりじゃりと歯にあたる。しかし直ぐに口の中で甘美が広がった。商人の疲労が僅かながらも慰められた。

　その日の夜。星々が潤む。商人はいつものように両腕を縄で縛られたまま寝ている。隻眼と痩躯は、焚火を囲んで座っていた。やがて痩躯は毛布に包まり、深い眠りについた。隻眼は彼の老母の優しさを想い出し泣いていた。

早暁。夜の帳がまだ残存しているなか、商人は目覚めた。誰が彼を起こしたのか、それは現実という絶望である。それでも、商人は慈悲の心を背負い直した。

45.
世界は禍事である。

　砂嵐が過ぎ去った広大な砂漠。微風ですら商人の気力を揺がす。蹣跚と歩く商人。彼は盗賊たちに懇願した。
「少し休ませてくれ！」
　隻眼はそれに対してこう言い放った。
「黙れ！　おまえは、お得意の妄想でもふけってろ！」
　しかし痩躯の提言もあり、隻眼はしぶしぶ休息を取ることにした。駱駝たちは草を食むことが許される。

　休憩中。陽炎が立ち舞う。商人は楼蘭の方角を茫然と眺めている。茫乎たる前途を……。
　隻眼は胡餅を頬張り、ちびちびと酒を飲んでいる。陶然とした彼は、やがて商人を注視した。商人は隻眼の目線に気づいた。彼の血走った独眼の睥睨から鬱積が表れている。隻眼はゆっくりと立ち上がり、商人の方へ歩いていった。

痩躯は気にせず黙々と餺飥[29]を食べている。商人は隻眼を刮目している。隻眼は商人の胸ぐらを掴んだ。
「おい、胡人。たしか康と言ったか？　いいか、康よ。ここまできて逃げようなんて思うなよ。わかったな？」
　商人は隻眼の話を無視した。その態度が気に入らなかった隻眼。彼は商人の頬を拳で殴った。商人はどっと倒れた。だが、ゆっくりと起き上がる。
　商人は隻眼を睨んだ。隻眼はその反抗的な態度が気に入らない。彼は商人の両頬に平手打ちをした。それでも反抗の目を向け続ける商人。ついに隻眼は激怒した。商人の顔面を何度も何度も殴打する。
　間に割って入る痩躯。隻眼はようやく落ち着きを取り戻し、暴行をやめた。商人は楚痛に耐えながら、起き上がろうとする。隻眼はそんな商人に、「鄯善に着くまでせいぜい生きてろよ、腑抜け野郎！」と吐き捨てた。
　商人は血の混ざった唾を吐き捨てた。

29　はくたく

46.

私は至望を夢見た愚者。
憐憫の念は、新たな厭悪と艱苦によって消散した。
薄氷の如き脆い慈悲心は、容易く粉砕された。
低級世界は、僅かな善心を無慈悲に破壊する。
邪悪な下級者との和解など不可能だったのだ。
私の内なる部外性がそれを教示していたのに……。

　悪しき世界を承認することなど夢物語。その世界の住人は、各々の賦性に基づき悪行を積み続ける。私の精粋な魂に薄汚れた邪念・俗念が付着したではないか！　なんと汚らわしいことだ！　奸悪な者は魂ごと滅びるのだ。あいつらは、再びこの真実の地獄に舞い戻るだろう。あの屑どもの悪辣は、この地獄を永劫に巡回する資格である。痛快この上ない事実だ。
　……ああ、私は絶望する。身近な死の実感は、私を狂気から連れ戻す。私は狂っていた。私はこの狂った世界を少しでも理解したいと考えてしまったのだから。少しだけ心を寄せようとした。そんな私に対する対応がこれなのか？　少しで

もこの世界を肯定したい、納得したいと思った。そんな私に
なんたる仕打ちだ！

　私はこの世界が悪であることを十分に知っている。それで
も私は、世界に認めるべきところがあれば、素直に認めたかっ
たのだ……。しかしどうだ、世界はその悪の要性のままに私
の善意を退けたうえに、私にさらなる懲罰を与えた。悪は悪
の規則に準じて、善を無慈悲に制裁する。

　私は猛省する。私は愚かだった。私は楽観だった。そして
驕りもあった……。そもそも悪性の世界に、善心・善行は全
く通用しないのだ。とはいえ、私の明知の判断が誤りだった
とは思えない。誤りなのは、この世界なのだから！

　私は確証する。この世界の本髄は、悪性・狂性・偽性であ
る。この世界では、善性・正性・真性は価値として認められ
ないのだ。それらは元悪の悪意のままに、打破されるものな
のだ。

47.

不可避な受難。
孤独なる闘争。

　夕陽が余光を発しながら落ちている。盗賊たちは薪になり
そうな灌木を見つけ、焚火をする。檉柳の藪の横、商人は倒
れるように眠っている。永年、風砂に埋もれた枯木のように。

　明朝。茫漠たる砂漠を進む一行。現実に背馳する商人。砂
漠は陽炎を立たせた。恰も愚者を揶揄するかのように。
　昼下。憎心は極限に近い。凶運に背反する商人。遠くで風
が巻き上がる。極熱の砂塵は、一行の視界を一瞬で遮り、こ
れでもかと乱舞する。恰も驕者を嘲弄するかのように。

　どこにも逃げ場はない。全てを受け入れるしかないのだ。
だがそれでも、私は悪に抵抗する。

48.

内なる霊知の命令によって、
私は終末まで元悪を憎悪する。

劣等な君主による悪しき世界。
悪徳・悪思に満ちた独裁国家。
善徳・善思が虐殺され続けている。
ああ、邪悪なる支配者が憎い。
弑逆を謀りたい意志に変わりなし。

私は全てを嫌忌しながら死んでいくのだろう。
一の怨念は、いずれ世界の邪念と合一するだろう。
私の肉体は、世界に再利用・再適応されるだろう。

救いなき世界は、無間の失望を浸透させた。
隠れることはできない。
どこにいても底無しの失意がやってくる。
千尋の暗澹が生命を食い尽くす。
全ては無明の暗然に侵される運命にある。

生は無意味である。
世界の全てが無意味なのだから。
無意味を産出する無意味な偽主め！

49.

悪主は寂しい存在である。
我が子らよ、悪物どもよ、
私を崇めよ、私を称えよ。
自身の被造物に要望する。
歪な自己愛と自己満足、
それらに駆られる悪主。

愚かな悪主よ、
おまえは冷酷な内向者だ！
おまえは身勝手な臆病者だ！

無数の悪を産出する元悪。
悪主、偽主、狂主、造物主、下級主など……、
様々な呼称を持つが、そんなものどうでもいい。
哀絶なる支配が確かに在るのだから。

私は懇望する、
悪主の権力から解放されることを。
悪は人間の妄想の産物ではない。
悪は確かに存在するのだ。

悪の結果の原因は悪主である。
全悪は悪主の本髄に還元される。
悪主は、諸悪の根源なのである。
悪主は最高悪である！

50.

善と悪の根源者。
元善なる最高善、元悪なる最高悪。

　善は諸善を、悪は諸悪を生みだす。裏返せば、善が諸悪を、
悪が諸善を生みだすことなどあり得ない。善の基性は、悪の
基性と一致することはないのだから。むしろ、善悪は不一致
の関係にある。すなわち対立関係にあるのだ。このことは自
明である。それでは、どのような対立構造であろうか？

　身近な教え（祆教）では、全ては反対対立するものがなく
てはならない。その古流によれば、善悪は根源的に対立して
いるのだから。根源的善と根源的悪とに。最高善が存在する
ならば、最高悪も存在するのである。

　最高善と最高悪からなる神的二元論。そうした立場に立っ
て世界の根源性を考察する場合、次のことが問題となるであ
ろう。すなわち、双方の根源者は、他のものによって創造さ
れた存在者であるのか、ということである。

まず、最高善は他のものによって創造された実有ではない。最高善は絶対自律者[30]である。至高者である最高善は、何ものにも限定・従属されず、絶対にそれ自体として存在する者である。何人もこれを否定することはできないだろう。

　では、最高悪もまた絶対自律者であるか？　最高悪は絶対自律者ではない、と考えられる。最高悪は、最高善によって間接的ではあるが創造されている。言い換えれば、最高悪は至高者によって、至高者の属する諸々の高次的存在者の中での最低次者[31]を媒介して創造されている。最高悪は他のものによって創造されているかぎり、それが絶対自律者であることは決してあり得ない。

　最高悪が絶対自律者でないならば、それは他律していることになる。最高悪は何かしらの関係性で最高善に依存していることになるのだ。もし最高善が、そのような最高悪の存在と活動を認知しているならば、最高善こそが真の元悪であることになる。最高善が悪の元凶？　最高善こそが真の最高悪なのか？　そんな不条理なことがあるのだろうか？　それは誤りだ。私は混乱しているようだ。明知に即して、再考する必要がある……。

───────────────

30　絶対独立者
31　最も低次なる者

102

51.

全ての結果には原因がある。

因果関係は永久に連接・連続しない。

因果には起源が存在しなければならない。

　万有には起源がある。絶対自律者こそが万有の起源である、と仮定する。すなわち、全ては究極原因によって生じるものとする。その場合、あらゆる副次的[32]な原因の結果も、究極的には第一原因である最高善に還元される。たとえば、災難や破滅などの諸々の悪も、最高善に還元されるのである……。

　もし最高悪を含めた全てが、第一原因である最高善に還元されるなら、全ては最高善の内に存在することになる。なぜなら、全ての因果性が、その外に在るもの、すなわち全ての因果とは無関係なものに還元されることはないからである。

32　付随的、二次的

しかしながら、最高悪は諸悪の根源である。最高悪はこの悪しき世界の造物主なのである。ゆえに、最高善と最高悪は、一者における二面性という可能性もある……。しかしそれは、明知によって知解される真理とは異なったものである。

　第一に、もし至高者の内に善悪の二面性があるならば、最高善に属する諸々の神聖・高次なる善、すなわち純粋存在なる諸善は、悪の側面を有するような不純存在（至高者）には見切りをつけることだろう。そう、神聖・高次なる純粋存在たちが、最高悪の一面を有するような半善的な、不完全な至高者から離反しても何ら不思議ではないのである。だが、そうしたことは起こり得ないだろう。

　第二に、一者の善と悪の真髄について。そもそも、一実在が複数の真髄を有することに深い疑念を抱いているが、そのことはここでは問題としないでおこう。さて、一者に善と悪なる二つの真髄を有していると仮定する。しかし、最高善（側）の真髄と、最高悪（側）の真髄が適合・一致することは不条理である。当然といえば当然だ。二つの相違した絶対的根本性が、適合・一致することなどあり得ないのだから。

　そのうえ、最高善（側）の精髄と最高悪（側）の精髄が適合・一致することもやはり不条理である。このことは明白である。各々は各々の真髄と直接関係する順性であるために。

二つの異なる根源性が合一しない以上、一者の内に善悪の二元性あるいは二面性は存在しないのである。だがそれでも、一者が善悪両性を有するとしたら。

　善悪によって完全分断された一者の根源的統一性……。やはり私は、そのことを疑わしく思う。確かに一者は秩序を総轄しているかもしれないが、しかし一者の内なる絶対相対する両性が一致協力して、善悪からなる一つの調和を保つことなどあり得ない。調和とは全体が統一されていることだからである。それでも仮に、善悪によって一なる調和が保てたとしても、一者の善悪対極性に準じて、全ては二極的に生起され、すなわち善と悪に分別されて生じ、そして一者の内で善悪それぞれの基性のままに、互いが永遠に相対するだろう。永劫対立の状態では、その調和が脆いことは自明である。一者の秩序は、それほど心もとないものなのだろうか？　事実はそうではないはず。

　至高者の秩序は、その最高完全の統一性からもたらされる。最高完全な秩序は、根源的な善悪の終わりなき相反から生じるものではないのである。

52.

世界は実在する、ゆえに最高悪は世界を根絶できない。
最高悪は、最高善の内方で創造されたものであるから。

　至高者の統一性からなる秩序には、この世界も含まれている。なぜそう思えるのか。現状を見よ。この世界では根源的な善悪の闘争による大破局は起きていない。依然として、世界秩序は維持されたままではないか。まぎれもない事実だ。

　それから、もし第一悪、究極悪、完全悪などといった最高悪が世界を完全統治しているなら、それに対する第一善、究極善、完全善などといった最高善に属する純正な諸善、それもこの世界に関係するそれらが失われていたかもしれない。

　というのは、悪の根幹である最高悪はその要性に即して、自己と自己からなる全てのものを滅ぼそうとするに違いないのだから。それはどういうことかと言うと、何かしらの状態であれ、最高悪なるものが存在するなら、それは自己の要性に即して活動することになる。そのかぎり、最高悪は、善悪に関係なく全てを最悪に至るまで悪化させることだろう。

最高悪の悪化運動は滅性が中軸となる。最高悪は自身の存在を含めた全ての絶滅を目標とする。ならば現在、最高悪自体が既に滅びていても何ら不思議ではない。最高悪の消滅運動は、自滅を発生させるのだから。悪の世界もろとも。ところが、事実はそうではない。世界は悠久の時の流れを刻み続けている。世界は秩序立って実在している。

　このことは、最高悪に最高善と同等の力がないことを証明する。ところで、前述したように、全ては最高善の内に存在している。最高悪もそうである。その考えからすれば、最高悪は最高善を原因とする存在にすぎないのである。

　そこで、私は自身に問うてみる。最高悪はそれでも最高善と完全に反対対立しているのか、と。最高悪は最高善から間接的であれ、創造されたものである。最高悪を創造する力を有する最高善と最高善を創造する力を有しない最高悪……。

　答えは明白だ。最高悪が最高善と拮抗できる力はない。最高悪が最高善を滅ぼすことなど不可能である。結論として、最高悪は最高善と完全に反対対立していない、ということになる。

53.
全ては本性的に善の究極原因を探る。

　善の尋究は、最終的に究極善に到達する。最後に控えている善は、全ての善の究極原因であることになる。その原因とは、絶対自律者としての最高善のことである。

　最高善が終着となる。全ての善は、最高善とつながっている。いずれ最高善に到達するために、全てが善を求める。すなわち、全ての基性が善であるなら、全ては自己の内なる善性に即して諸々の善を探し、その獲得に努めていく。全ては善性に導かれ、善の終着を目指して活動するのだ。

　事実そうであろう。というのは、たとえば、或る善と或る悪が存在し、そのどちらかを選択しなければならないとすれば、間違いなく全てが善を選ぶだろう。全てが善い結果を望む、という事実は、全ての基性が善であることを証明する。そう、全ては自らの真髄によって、悪たることはできないのではないのか。

54.

善を求める秩序。

第一動者の摂理。

もし至悪すなわち最高悪が存在するとしたら。

最高悪は自ら悪を望む。

最高悪は自ら不幸を望む。

最高悪は自ら混沌を望む。

最高悪は自ら破壊を望む。

最高悪は自ら消滅を望む。

もし世界が善なる秩序の意思にあるとしたら。

全ては自ら悪になることを望まない。

全ては自ら不幸になることを望まない。

全ては自ら混沌になることを望まない。

全ては自ら破壊されることを望まない。

全ては自ら消滅することを望まない。

全ては善を求める。この事実は、霊知によって認識された世界の活動、いや、世界の存在意義を否定するものである。そしてそれは、この世界の造物主をも否定することになる。世界の造物主は実在しない……。すなわち最高悪は実在しない、という結論になるのだ。もしそうであるなら、繰り返すことになるが、この世界も実在しないことになる。なぜなら悪の根幹である最高悪によって創られた悪しき世界なのだから。

　だが、私は世界の実在を否定することができない。では、この世界が悪主の造物でないとすれば……。世界は主が不在で、単に自動で動いているだけになる。本当にそうなのか？ここは無生命的な自動装置なのか？　ここは無極の星辰の永久運動の法則によって、単に規則正しく動いているだけの機械的な世界なのか？　宇宙の全ては、無機的に、すなわち無意志的に稼働しているだけなのか？

　否、それはありえない。宇宙は有の秩序であるから。形相なくして有は存在できない。宇宙は精神すなわち魂に満ち溢れている。宇宙は諸魂の起源すなわち宇宙に遍在する原理的な魂によって規律正しく展開されている。宇宙は永遠の観念によって統制されているのだ。ならば宇宙の統宰者がいるはず……。宇宙なる有は、第一の有から発生しなければならない。あらゆる原因の結果は、第一原因に還元されなければな

らない。

　あらゆる運動は、第一動者が必要である。全宇宙のあらゆる運動の原因となる唯一の存在者、すなわち他のものによって動かされずに自己の本性の必然のままに他のものを動かす〈第一の不動の動者〉によって、全宇宙は展開しているのだ。

55.

第一動者は至高者である。

至高者は全宇宙の創設者。

至高者の本質は自己の存在を含んでいる。

絶対存在である至高者による存在の表現。

　私は愚者だ。宇宙の展開を見誤っていたのだから。第一動者である至高者による存在表現の展開を。私は至高者の表現の一端だけを理解して妙諦を得たと錯覚していた。私は善の世界の一面または一片の悪性だけを把握したに過ぎなかった。善の世界の一面または一片だけを捉えて、善の世界を悪の世界だと誤認していたのだ。私はここが悪の世界であり、ここを創造したのは悪主であると臆見していたのだ……。

　悪しき思為[33]は去った。明知がそのように導いてくれたのだ。これまで負の展開によって脆弱化された私の明知は、息を吹き返してきた。いや、私の明知はいまだ負の展開によって傷つきながら、それでいてそうした悪影響を徐々にではあ

33　思做

るが克服しながら成長しているかのように思える。悪運、因習、情念などによって無数の継当で補強された私の悪誤想から、恰も卵の中の雛鳥が殻を破って生まれ出ようとするかのように……。

　私の明知に従うなら、邪悪な領域だと虚構していたこの世界は、第一動者である至高者によって自足的に創造され、動かされていることになる。世界は至高者の思惟によって動かされている実相なのである。

　実相は至高者による表現である。至高者は自己の絶対的本性に基づき全てを表現する。その表現は永遠無限である。その表現は必然である。その表現は真如である。私の魂にかけて、この道程を辿ってみたい。

56.
心の脆弱がもたらす悪念。

　夜の帳がおりる。突然の強風。絶叫を発する。すると、深潭の魔霊が現れた。それは商人だけが知る像。魔性の嘆き。それは商人だけが聴取する。

魔霊は語った。
世界は悪である。
世界を憎むのだ。
世界を呪うのだ。
おまえは道を誤っている。
それは正道ではない。

57.
苦境における明知の善導。

　清澄な声が響き渡る。霊妙な声。魔霊の囁きを吹き消す声。
それは普遍なる一陣の風。前途への道標である。

偽の世界から真の世界へ、
おまえは前進している。
立ち止まるな、振り返るな。
おまえは旅をしている。
おまえは遍歴者である。
不滅の魂へ誘われよ。

魔霊は悪意による幻影。
内なる明知は普遍の炬火。
蜃気楼に幻惑されることなく道を示す。

輝く黄水晶 [34] のような太陽が地平線から昇る。

人骨と獣骨が明知の旅人の行方を静かに見守る。

34　シトリン

58.

これは真理の遍歴である。
この旅の伴侶として明知を選ぶ。
自己完成としての深智の討求、
それは世界完成の討求でもある。

　私は自身の明知を頼りに考察していく。明知に導かれることで、習俗や神話などの先入観を排除することになる。とりわけ根源的な善悪の世界観を除去せねばなるまい。
　そもそも、善（善い）や悪（悪い）は相対的なものではないだろうか。たとえば、一つの事物があるとする。それ自体は善でも悪でもないと仮定する。この場合、そのものとの関係性によって善あるいは悪と判断されるのではないだろうか。つまり、人間は自身の刺激を通して、これは善（善いもの）で、これは悪（悪いもの）だと評価するのである。事実、人間の有益性すなわち善性の判断は様々である。あるいは、人間の有益性（善性）の優先度は様々である。

或る者は快楽が（至って）善いもの（有益なもの）だと見なす。或る者は富が（至って）善いもの（有益なもの）だと見なす。或る者は地位が（至って）善いもの（有益なもの）だと見なす。或る者は名誉が（至って）善いもの（有益なもの）だと見なす。このように、各々が無数の善と思われるものを追求している。

　今の私にとって快楽、富、地位、名誉などは無縁である。今の私は明知だけを有する。私は明知に基づく善を求める。明知による普遍的善を討究していく。

59.
最高善は自己の善自体から無限に善を分与する。

　私の共通概念すなわち明知によって、この世界が実在して
いることを確信する。世界は実相である。実相は最高善によ
る表現である。その表現は最高善の神髄に基づき善である。
世界は最高善の分有的善なのである。
　では最高善とは何か？　最高善とは最高完全な実有のこと
である。最高善は自己の最高完全性によって世界を表現して
いる。全ては最高善の最高完全性によって創造されているの
だ。最高善の分有性すなわち創造的表現は、完全であり、有
益であることになる。この世界は完全で、有益なのだ……。
そこで、私は自身に問うてみる。善とは何か？

善とは完全性のことである。
善とは実在性のことである。
善とは有益性のことである。

善の秩序である世界の展開性に関していえば、善には、より大なる善に展開・向上・善化する、といった過程的な意味が含まれる。その場合、善は善の接近・傾向・適性という意味を有する。言い換えれば、善は完全性、実在性、有益性、必然性、十全性、永遠性などの接近・傾向・適性として把握することができる。

善はより大なる善の接近という意味を有する。
善はより大なる善の傾向という意味を有する。
善はより大なる善の適性という意味を有する。

善はより大なる善として、より完全になることである。
善はより大なる善として、より増大することである。

60.

世界は最高善の絶対的秩序の内で、
各々の固有性に従って無数に関係し、
変様しながら展開活動している。
世界の不断なる創造的関係連続性 [35]。

　最高善の主導による善の秩序の不断なる展開性。全ては最
高善の絶対的因果の内で、各々の自己本性・自己原理に基づ
き何かしらの対象と関係連結し、各々が独自に関係変状また
は関係変様しながら表現展開している。

　その表現展開は無限である。世界を構成する各々のものが、
各々の仕方で無限に関係し、各々の仕方で無限に変様しなが
ら絶えず表現展開しているのだ。

　たとえば、世界は拡大と縮小、増大と減少、隆盛と衰勢、
増進と減退、促進と停滞（抑制）、加速と減速、能動と受動
などを絶えず無数に繰り返す。

35　創造的連鎖展開性

そうした世界秩序の変動展開性の拡大、増大、隆盛、増進などを、善なるものとして捉えているのではないのか？

　反対に、世界秩序の変動展開性の縮小、減少、衰勢、減退などを、悪なるものとして捉えているのではないのか？

　確かなのは、世界は善が主導している、ということである。世界の秩序を見るがいい。その完璧な秩序の内で、各々が各々の基性に忠実に準じて絶えず展開しているではないか。常在なる秩序の存在集合体。世界の無限の関係的変状展開。それは、善の無限調和なのである。

61.
普遍的善の変状展開への志向。
諸真理との関係連続性の始動。

　善の無限展開における生成消滅体。すなわち、善の無限調
和なる秩序の内には有限体が存在する。有限体は世界秩序に
おいて、僅かばかり保有されているにすぎない存在である。
この星では人間、動物、植物などがそうである。
　世界秩序の一部としての人間。人間のなかには悪を展開す
る者がいる……。真実の地獄を表現する者がいるのだ。それ
は執着力の強い虚構である。それは消極的、悲観的、否定的
な想念である。だがそれでも、秩序は確然として維持されて
いる。そのような虚構または想念が、善の秩序そのものを不
安定にさせるような脅威ではないからだ。
　真実の地獄。私が虚妄した奈落に、私の価値ある部分はの
み込まれなかった。私による真実の地獄の表現は、私の内な
る小秩序を悪変化させなかった。

確かに、私の現状は過酷である。しかしそのような環境において
も、私は自己の基性に即して普遍に導かれている。私
は自己の普遍的な明知に基づくことで、より善く変状展開し
ている。私は真如に関係し、それに向けて善的に変様してい
る。そこに真答があるのだ！

62.

明知の普遍性。

　深智の探討にある者は、自己完成を目指す。愛知者なるも
のは、自身が普遍的により大なる善に変様するように努めて
いく。その向上は純善なものである。自己の普遍知性による
（元善の）完全純粋本質知性への接近を、つまり、理想への
接近を、真の幸福なる活動として理解することができる。

　ともかく、今の私が認識する善は、理性すなわち明知によ
る善である。明知によって知解された善は、普遍的に真であ
る。ならば、そうした認識によって、普遍的に悪を捉えるこ
ともできよう。

　たとえば、明知によって山の本質が谷を有していることを
知る。山を見たなら谷を見ることと同様、真理を観ることは
真理の関係連結を普遍的に観ることである。それと同様に、
私は善を観ることによって悪を観るであろう。

63.

不断なる善の秩序の表現、
それに内在する悪とは何か？

　まず、元悪について。最高悪なるものは、諸悪の根源とし
て心象される。さらにそれは、諸善の起源である最高善の宿
敵として心象される。なお、想像知（心象知）は誤謬や混乱
などを内含している知性である[36]。

　では、最高悪は実在するのだろうか？　明知によって、最
高悪は実在しないと考えられる。もしそれが実在するなら、
自己の基性に即して自身を含めた全てを滅ぼすに違いない。

　ところが、世界は秩序立って実在している。とはいえ、諸
悪が存在するのは確かである。最高善の絶対的な秩序の内に
存在する諸悪。善の秩序の一端として悪が担っているのでは
ないのか。そうしたことを踏まえて、私は自身に問うてみる。
悪とは何か？

36　想像知（心象知）そのものが誤謬や混乱した知性という意味ではない。

126

悪とは不完全性のことである。

悪とは善の欠如・欠陥・不足・欠乏のことである[37]。

悪とは善を妨げるもの（妨害するもの）のことである[38]。

　悪は善の存在なくしては展開することができない。なぜなら、悪は善の秩序の基本となり得ないからである。善の秩序の基本は善である。それゆえ、善の秩序における悪は、善なる基体に寄生する他ないのである。

悪は善に付随・付帯・追随するものである[39]。

悪は主体・自体として展開することができない[40]。

37　悪とは完全性、実在性、有益性などの欠如・欠陥・不足・欠乏のことである。

38　悪とは完全性、実在性、有益性などを妨げるもの（妨害するもの）のことである。

39　悪は善に付随・付帯・追随することで展開する。

40　悪は善を基体とすることでしか存在することができない。

善の秩序である世界の展開性に関していえば、善に付随・付帯・追随する悪には、より大なる悪に展開・低下・悪化する、といった過程的な意味が含まれる。その場合、悪は悪の接近・傾向・適性という意味を有する。言い換えれば、悪は不完全性、非実在性、非有益性、非必然性、非十全性、非永遠性などの接近・傾向・適性として把握することができる。

悪はより大なる悪の接近という意味を有する。
悪はより大なる悪の傾向という意味を有する。
悪はより大なる悪の適性という意味を有する。

悪はより大なる悪として、より不完全になることである。
悪はより大なる悪として、より減少することである。

悪は善からの離隔・退行・後退のことである。

以上のことから、悪は善の意義を有する、と考えられる。あるいは、悪は善の一面である、と考えられる。つまりそれは、悪なる善のことなのである……。

　悪は善である。悪なる善は、善の秩序の展開に一翼を担っている。言い換えれば、最高善の最高完全性からなる表現展開の内において、悪もまたその表現展開の一端なのである。

64.

最大の喜びのままに。

内なる至純のままに。

　善の秩序なる世界。それは最高善の承認の証。世界は最高善によって分与された無数の善を主体に構成され、展開している。ところが、世界の諸善の展開なる旅には、悪が随行することがある。人間にも悪は宿る。人間にも悪が寄生する。

　私の心には確かに這いずるものがいる。私の内には悪虫が蠢いていた。それらは私の心の弱さがもたらした産物である。人間から生じる悪、たとえば負の感情、負の行為。そうした悪意や悪行は宿主を蝕む。

　明知に従う立場からすれば、分有的善である人間の悪意や悪行などは、善の欠如または善からの離隔ということになる。もちろん、人間の悪意や悪行としての悪は付帯しているものである。だからそうした人間の悪性は、最高善を直接的な原因としないのだ。そう、直接原因ではなく、遠隔原因である。

ところで、人間が悪意や悪行に駆り立てられた場合、自身の内なる善性は、より小さくなる。その場合、自身の善性を使用（善用）することなく、悪用することになるため、自身の善性は、善の究極原因から遠退くことになる。

　そうした生には、喜情[41]としての善が生じることはない。むしろ、悲情[42]としての悪が生じる。最高善からの離隔や最高善との不一致は、人間にとって最大の悲情である。反対に、最高善への接近や最高善との一致は、人間にとって最大の喜情である。

　明知に導かれし者は、最大の喜心なる恩恵を受けている。明知に準じて、永遠の善を求めよ。人間の内には至純があるのだ。自己の内なる基性に即して、善意や善行に努めること。これこそが、最高善の意思に適っているのだ。

41　「喜心」、「嬉情」、「嬉心」など。「喜び」と同義。

42　「悲心」、「哀情」、「哀心」など。「悲しみ」と同義。

65.

明知の指令に従え、
より完全に近づくために。

普遍を看取して自覚せよ、
善き嬉情が生じることを。
明知と一致した嬉情を。

　商人、ついに力尽きる。倒れても体は駱駝に引きずられて
いた。痩躯が振り返りその状況に気づく。彼は隻眼を呼び止
めた。

　商人の意識がしっかりしない。だが、彼は明知すなわち観
想の端緒の働きを止めようとはしなかった。彼の僅かな意識
の全ては、永遠への潜行の氷端にあった。深潜における至上
の喜心の一端が、そうさせていたのだ。

　しばらく休むと、商人の意識が回復した。旅は続行される。

66.

明知に従い至念を目指せ。
至想への純正な遍歴。
それは悪意を純化させる。

　私は本質知すなわち観想の境地に達することができるのだ
ろうか？　少なくとも、今の私の精神は観想の端緒が優勢であ
る。道は間違っていないのだ。私の内なる悪意、不信、驕慢
などは、奔流となった明知にのまれている。内なる悲心は、
喜心に転じている。私は幸福の道を知解したからだ。
　さて、人為的に悲しみを生じさせるものは悪である。そう、
人為災害のことだ。たとえば、戦争、殺人、他の犯罪などの
諸悪は人間が生み出す。人間を契機にした諸悪は、悪欲に屈
服することで生起する。すなわち、人災は人間の精神の脆弱
性からか、あるいは人間の集団精神の脆弱性から生じるので
ある。共同体の内で、各々の精神の弱さがもたらす悪意や悪
行などが様々な対象と関係し、変状展開していくのだ。

人災は人間本性に背進するものである。それは人間の反本性・非本性による不完全性なのである。そのため、やはりそうしたものは、最高善である至高者が直接原因ではない。

　至望を求めるなら、悪欲の奔流にのみこまれないことである。精神の強靭性を養うことである。人災は人間が自己の本性に即して生きることで解決されるのだ。人間が明知を主体にして共同体を支えていくことで解決されるのである……。

　しかし現実はどうだ！　人災が途絶えることは決してない。古代から今にかけてそうなのだ。明知の道は険しい。人間が自己の本性を善用することがいかに困難であるか！

　とはいえ、人間が分有的善の一端として世界の秩序を担っているのは事実である。だから、自己の善性に基づき活動することが正当であることは言うまでもない。

　ところで、今の私の凄惨な状況は人災を契機にしている。いまだ人災の狂鎖に繋がれたままである。そのような状況下ですら、私の悪思は減少している。確かにそう感じるのだ。より大なる善に向かっている、それは私の思索によって。明知による考思は善である。自身の思索に真剣に没頭することで、私の負の感情としての悪は確実に減退しているのだ。

67.

思想の吐露は、自己の内なる善心を高める。
それは無声であるも、確かに魂に反響する。
明知による内省は、この禍難を俯瞰させる。

私は本心から告白したい。
私は浄慧の討求を愛する。
私はこれまでの自分を恥じる。
全てを呪詛したことを恥じる。
私は精神の劣弱を恥じる。
私は自身の不知を恥じる。
私は自身の慢心を恥じる。

私の倨傲は見事に砕かれた。
私は誠実を取り戻している。
私は至純の導きに感謝する。

今も私は患難に見舞われている。そうでありながら、自身
の惨況を多少ながら通観できている。これは奇跡に等しい。
禍害に殆ど影響されない精神が正しく展開しているのだから。
その精神は、純一無雑に事実を見通すことに努めている。

68.

至高者の概念を植え付けられた魂。
私の不撓なる魂は燦爛と輝いた。
不磨の光は憎悪の炎を蒸発させる。

　雄渾なる知の変様展開。悪心を清化させるのは、より大な
る善心。悪意による誤った道を正すことができるのは明知で
ある。その普遍なる知性こそが、至高者からの恩恵なのであ
る。事実、私の明知は、私の妄念を吹き飛ばした。
　妄念は世界理法に準じる嬉心を奪い、世界理法に反する哀
心を与える。妄念は悪意をもたらす。妄念に支配された者は、
不安定で荒々しい熱情によって自らを縛る。それは無秩序な
呪縛である。それは残酷な呪縛である。
　私は全てを失った。いや、私の魂だけは見捨てなかった。
そこで私は意を決して、私の魂が真に希求するものに身を委
ねてみた。明知の指令のままに、私は導かれてみたのだ。そ
れはまだ完全ではないものの、私に真理の道を示してくれた。
私に超然心・不動心を与えてくれた。だから私は観想の端緒

を信頼する。今の私にとって、内なる明知こそが唯一の光明なのだ。

　常闇の世界に葬られた、かつての私はそのように錯覚した。過酷な実状による苦患が認知を歪めた。真実の地獄を這いずる私にとって、全ては不幸であった。そう思い込んだ。世界は不幸である、かつての私はそのように虚構した。そう誤認してしまうほど、私の心は弱かった。私の心は狭かった。私の不幸は善を減少させ、悪を増大させた。

　だが、観想の端緒すなわち明知は私に悟らせた。私が不幸に陥ったからといって、世界そのものが不幸ではないことを。

　繊弱・狭隘な精神は、消極性・否定性を増大させる。そのような精神は、妄念を信頼する。妄念によって迷執が生じる。それは強固なものである。偏執は歪な小石である。

　世界には妄念の礫が埋まっている。どれも醜怪な形状をしている。妄念の礫は、虚像の世界を信じる者によって砕かれることはない。それを粉砕することができるのは、絢爛な金剛石のみである。至純の貴石を通して、世界そのものが投影される。世界そのものを認容せよ。

私は世界そのものではない。私は世界の一部である。今の私はそのことを知解する。私から生じる様々な表現（現れ）は、世界の一部としての表現（現れ）なのである。

69.

人間を脅かす自然現象。
それもまた現れである。
ゆえにそれも善である。

　世界の一部である私の共通概念を通じて、現実全体の姿が
表現される。分有的善の実相、それは最高善によって創造さ
れた自然。私にとって、世界または宇宙は自然と同意である。
　自然は至高者に分与された各々の本性に即して、絶えず活
動している。それゆえ、自然には無駄なものが何一つないの
である。しかしながら、自然の全てが人間にとって有益なも
のとは限らない。自然活動の中には、人間や（人間の）共同体
にとって害悪なものもある。落雷、台風、火事、地震、津波
など。確かに、そうしたものは人間にとって有害であろう。
　人間はそのような現象を自然災害として忌み嫌う。たとえ
ば、良心的な人間の家が津波にのまれ、その家主が死んだと
する。そして、その被災者が善人だと承知している知人たち
がいたとする。その中には、こんな善人が無慈悲に死ぬなん

て、水は禍根なのだ、水の要性は悪なのだ、と思う者がいる
かもしれない。その場合、世界の一部の現象であるその津波
を世界の全体の現象として臆見しているのである。世界全体
における一部の展開を全体の展開として一瞥すれば誤謬が生
じる。だから、世界秩序の一部の展開を着目すると同時に、
世界秩序の全体の展開を眺望することが必要なのである。

　そうは言っても、人間ならば、情に流されることもあるだ
ろう。私だってそうだ。一人の弱い存在である。私にとって
身近な者や愛する者が何らかの災害に遭おうものなら、深い
失意と悲憤が押し寄せる。無念なことだ。一人の人間として、
自然災害で被害を受けた者に対して心から同情するだろう。

　大抵、人間は害悪に対して負の反応を示す。或る被災者は
動転する。また或る者は絶望する。或る者は自然界を呪詛す
る。さらに、或る者は万有の主を罵る。或る者は主に詔う。
或る者は主の怒りに怖気付く。

　人間の歴史は偏見とともに刻まれる。確かに自然活動の一
部は、人間にとって有益ではない。だからといって、自然を
呪詛したり、侮辱したりすることは、自身の不知を露呈する
ことと同時に、不価値な行為でもある。明知によれば、自然
は善である。ただ、自然の一部の運動が同じく自然の一部で
ある人間にとっての悪すなわち有害となることもあるのだ。

人間にとっての有害性に対して、私たちが恨んだり、非難したりするのは、善から離隔する行為である。人間は自己の本性に基づき、一心に自然災害に対応していくしかないのだ。人間は自己の善性から離隔するような意思や行為を避けて、すなわち悪意や悪行によって自然と向き合うことを避けて、直向きに関係していくべきである。善意のままに善行を。そうした人間と自然の関係展開こそが最良である、と今の私は考える。そもそも、人間が至高者の構想の全貌を悟ることなど不可能なのだから……。

70.
自然は人間に容赦なし。
猛烈な陽光が照り返す。
無情の風砂が咆哮する。

　激情に駆られ喚き散らす隻眼。激高によって事態から逃避
しているのだ。酒が底を突き、さらに豊富にあった食糧が残
り少なくなってきたために。

　砂嵐に見舞われる一行。商人が気絶してしまう。倒れて駱
駝に引きずられるも、瞬く間に砂に埋もれていく。商人の異
常に気付く痩躯。彼は駱駝の歩みを止めた。死なれては困る
と、痩躯は商人の上体を起こし、彼に水を飲ませた。
　商人が意識を取り戻すや、痩躯は彼の体を縛り、自身の駱
駝に乗せた。痩躯と背中を合わせた姿勢であった。商人は体
ごと縄で縛られていたが、しばし休むことができた。
「消滅が近いのか？　無への変状展開が……」

71.

死は宇宙の秩序に必要なものである。
消滅もまた世界の有意義なのである。

　一有限体の消滅。私であることの消滅〻。命あるものはやが
て死ぬ。人間の歴史において、命の消滅すなわち死というも
のは悪印象である方が支配的のようだ。

　明知によって死を認識するかぎり、それは自然の一部の現
象として理解される。死は自然の一部を担う有限体の一つの
変状展開なのである。ゆえに、そうしたものに対しても負の
感情を抱くことなく、真摯に向き合う必要がある。

　さて、死は秩序の内で表現される。至高者の世界は、至高
者の神髄に基づき秩序立って展開している。その大いなる秩
序の内には、ごく僅かな有限体が存在し、各々の基性に従っ
て活動している。有限体の展開運動は、絶えず生成消滅を繰
り返すことである。つまり有限体は一個体（個物）が死ぬ運
命にあるため、各々は種として関係展開するために子を生み、
その新たな者たちに命の継承という仕方で連鎖してもらう。

一個体に限定して言うなら、死は一有限体の消滅である。しかし永遠無限の宇宙秩序の全体を観望するならば、宇宙における有限体は互いが関係しながら、あるいは連帯しながら生成消滅という仕方で変様展開しているのである。

　ところで、悪は善の欠如であった。言い換えれば、悪は実在性・完全性の欠如であった。この意味において、有限体の消滅は、善性の悪性化であることになる。有限的な存在の非存在化ということである。世界秩序の一部の変状展開には、実在性の消滅的な、欠落的な変状展開なる悪が生じていることは確実なのだ。

　不滅性と可滅性からなる有限体。その可滅性の滅失としての悪。すなわち生命の消滅という秩序の一部を担当する悪。生命の消滅または欠落は、秩序の完全性にとって必要な運動である。明知において、悪は善である。悪なる善である。それゆえ、世界秩序の内の僅かな悪の運動が失われれば、大いなる善の秩序は成立しえないのである。

最高善の分有的善の秩序の相として展開している世界。その内で無数の分有的善の一部として、有限体がその基性に従い活動している。善の秩序における善の一端としての有限体の展開に、有限の消滅としての悪が参与しているのだ。

　最高善によって分与された無数の善が存在することで、はじめて無数の悪が善に寄生することができる。そのため、生成消滅的な変状展開における消滅部分としての悪は、それが付随している分有的善を原因とする。つまり、一生命体の死の結果は、それが付帯している一生命体に由来するのである。

72.

世界の一部を構成する有化と無化。
存在総体の生成消滅なる変様展開。
有限性の片端_{かたはし}として私は実在する。

　不思議なことだ。今の私には消滅も尊きものとして認識される。至高者による世界秩序の相で変様展開される無数の生成消滅を大観する。そうすると、消滅なるものもまた美しい、と思えてしまう……。

　消滅。世界秩序の内で、或る有が無くなる。或る有が存在しなくなる。有（有限）における無。有（有限）の消滅。消滅とは無のことであるのか？　厳密には、消滅は無そのものではないと考えられる。しかし巨視的に見れば、消滅は無と呼ぶことができる。もしくは、無化の意味合いを含んだところの無として捉えることができる。ここでの考察は、広義に解釈された無の概念でよいと思う。あらためて、無[43]とは何か？

43　無空

無とは非存在のことである[44]。

無とは存在[45]の否定のことである。

　宇宙の永遠性・不滅性は、宇宙の基軸である。永遠性・不滅性に、無が発生することはない。永遠性・不滅性の展開に、無なるものは関係展開し得ないのである。永遠・不滅の実在が否定されないのは、それが至高者によって直接的に表現されるからである。

　ところで、秩序内の存在総体の一端である有限性すなわち可滅性は、当然ながらいつかは消滅する。有限体の可滅的実在性は、その要性に即してやがて否定されて滅びる。だがその一実在の滅び（否定展開）は、宇宙全体の一変状である。

　前述したように、有限体は互いが関係または連帯しながら生成消滅という仕方で変様展開している。有限体は、無化や無空の状態を放置することなく、互いが関係し、連帯ないしは結合しながら、生成消滅の過程を表現しているのである。

44　無とは存在しないことである。

45　存在は「有性」と同義である。

宇宙全体は無限の変状活動を表現する。その活動の片端としての諸有限体。無数の有限体は、生成消滅を展開させながら各々の個性・個体を繋いでいく。今この瞬間にも、宇宙では有限体が新たに生起している。そう、新たな実在性が肯定されているのだ。

　宇宙において、一つの消滅すら必須である。宇宙において、一つの死という出来事すら、欠けてはならない機能なのである。絶え間なく展開される森羅万象。その生成消滅の過程は、宇宙を機能するものである。だから一つの無の展開ですら、宇宙の一つの意義なのである。

73.

有の有限と有限の無。

可滅態[46] の再現性。

再利用・再適応なる変様展開。

いずれ、私の実在の有限性は否定されるだろう。私の父の
ように。かつて父は実在した。彼の実在の有限性は否定され
た。私の父は死んだ。彼の肉体は滅びた。父の肉体であった
ものは、今は存在しない。彼の肉体であったものは、自然界
の物資性・運動性に還ったのである。

　そう、可滅態の再現性である。世界秩序の再利用・再適応
としての変様展開の一端である。有限体であっても世界秩序
の一部である。世界は再利用・再適応の変様展開によって、
何ら無駄なものがない存在総体である。

46　可滅体

宇宙秩序の内なる存在総体における有限性は永久循環する。つまり、無数の有限性が綿々と生成過程を繰り返すのである。無は絶えず繰り返す生成消滅における再利用・再適応の変様展開に必要な働きである。宇宙における可滅性の再生利用の展開には、無の運動が欠けることがあってはならない。なぜなら、無は有限体の基性機構の一種であるからだ。

　見方を変えれば、無はそれ自体独立したものではなく、世界なる存在総体の一部である有限性に従属という仕方でしか展開することができないのである。

74.

無は有限に付随・付帯・追随するものである[47]。

無は主体・自体として展開することができない[48]。

　世界において、無は自立して存在することができない。無は独自に存在することができない。世界の不断の生成消滅の運動において、無は主部とはならない。無とは非存在のこと、あるいは、存在の否定のことであるから。宇宙秩序は、存在総体または有性総体である。それゆえ、無を主体にして有性の秩序が構成されることは不条理である。

47　無は有限に付随・付帯・追随することで展開する。

48　無は有限を基体とすることでしか展開することができない。

75.

無からは何ものも生じ得ない。

　有の有限が含む非有。非有である無は、有の有限の内にの
み存在する。それゆえ、万有は無から生起されることはない。
　至高者の宇宙秩序において、全ては有として変様展開され
る。世界の創造は、第一の有の内で行われる。有から有の表
現。有からの創造である。そのため、或る学者たちが述べる
ような、つまり創造者が「創られなかったもの」としての無
などあり得ないのである。だから、「無からの創造」という
表現には、十分に注意する必要があるのだ。
　そのことと関係して、至高者は「無から創造する」と言わ
れるとき、その無の概念によって、まず至高者の精神の空白
や空隙などを想像してしまう。次には、至高者と関係する何
か広大な虚空あるいは空洞などを想像してしまう。

前者について、私には腑に落ちないことがある。至高者は観照する至福者である。観照は深潜するものである。至高者は自己の創造的表現の観照に専心し、それによって至福を堪能し続ける永遠無限なる実有である。

　それゆえ、そのような無終の潜行者が、実は閑者であって、精神的な暇を持て余し、無為に過ごしながら自己の最高完全な神髄を発揮している、とは考え難い。同様に、至高者の精神的な空白や空隙から世界を創造することは妥協を意味することになる。それは至高者である最高善の最高完全性と矛盾しているのではないだろうか？

　後者について、すなわち無なるものが虚空または空洞を意味するのは誤りだと考える。そのような空間は、宇宙の開展性・展延性の一場ないしは一角である。となれば、虚空は存在の一端であることになる。言い換えれば、他の存在を生成させる契機を有する変様展開の一様相としての諸気体的物質なのである。したがって、虚空は無ではない。

　私の知る学者たち、とりわけ景教徒たちが「無からの創造」と言う場合、彼らは漠然とした一般概念なる「無」を意識しているように思える。でなければ、無宇宙なるものを「無」と表現している、と私は解釈する。だが、無宇宙など虚構である。全ては第一の有の内に在るのだから。

「無からの創造」と言われる際、それが一宇宙時代すなわち一劫波の終結期から、という意味であれば、いや、もう少し厳密に述べるなら、原初（発生）から終端に向けて綿々と創造的に変状展開していく一劫波の終焉期から、という意味であれば、私は特に反論するつもりはないのだが……。

76.

実相の典麗な神秘よ。
全宇宙は変様展開しながらも、
永遠に実在し続ける。
この一回性の内に、私は在る。

　私は以下のように考える。最高完全なる実有は、自己の最
高完全性の必然に従って全てを創造する。それは永遠無限の
表現である。ゆえに、至高者の宇宙は無限に存在する。この
宇宙すなわち私たちがいる宇宙は、その一つに過ぎない。
　全宇宙は至高者の神髄のままに規則正しく活動している。
それぞれの宇宙は、絶えず変動展開（変様展開）している。
たとえば、一つの宇宙は全体的に拡大し、やがて全体的に縮
小するだろう。一宇宙が一統拡大を終え、一統縮小の極みに
達した際、その一宇宙に蓄積された内的活力は爆発膨張を起
こすだろう。つまり、一宇宙が総体拡大を果たして、総体縮
小化または総体縮小展開を全うした際、新たな総体拡大化ま
たは総体拡大展開すなわち新たな別の一宇宙が誕生するだろ

う。無限に存在する宇宙は、無限にこれを繰り返す。宇宙時代すなわち劫波を、無限に繰り返すのだ。

　全宇宙はいずれも万物流転の世界である。全宇宙は一回性のものである。全宇宙は永遠無限に一回性の変様展開を絶えず繰り返すのである。同じ宇宙は二度創造されない。至高者である最高完全な実有の最高完全性によって、全宇宙は完全な独自性をもって創造されるからである。

　全宇宙はそれぞれが異なった表現である。無限に存在する一回性の宇宙は、最高完全な実有によって、その秩序の内で絶えず変様展開しながら、各々が独自の表現として、すなわち各々が万物流転としての一回性の表現として永遠に再生し続けるのである。これが永遠の実相である。

　実相は必然に存在する。もし世界が偶然によって存在するなら、あるいは世界が偶然によって変様展開するなら、ときには、あるいは何かの弾みで、全く同じものが生まれることがあるかもしれない。だが世界では一度としてそうしたことは起こりえない。ああ、絶対的不同性の神秘よ！

77.

この世界には全くの同一性は存在しない[49]。
確かに、世界には似たものが存在する。
だが、それらは似て非なるものである。
それらは全く同じ存在性ではないのだ。
同一の存在性が産出されないのはなぜか。
それは至高者の創造表現が完全だからだ。

万物流転の世界。
一遍流転の世界。
同じ雲を見ることはできない。
同じ風紋が刻まれることはない。
自然の絶対的不同性は、必然性の実有を証明する。
自然の絶対的不同性は、完全性の実有を証明する。

49　全く同一のものは決して産出されない。

78.

無は永遠性・無限性ではない。
無には終極性・究極性がない。

　妥当な認識によって世界の展開を展望してみる。すると、
それは無終・不滅であることが理解される。この一回性なる
世界秩序の有性展開。この世界は実在する。無によって世界
が構成されることはない。なぜなら、無は存在の否定のこと
だからである。
　では、そのような無には起源なるものが存在するのだろう
か？　無数の無を産出する超越的な無のようなものが存在す
るのだろうか？　すなわち、完全無あるいは絶無が存在する
のだろうか？
　もし完全無が存在するとしたら、それはこれ以上のもの
は存在しない最高度の無であることになる。言い換えれば、
あらゆる無の展開の終極であることになる。無の過程を遡る
ことで、最後には究極の無なるものに到達することになるの
だ……。繰り返す、完全無は存在するのだろうか？

完全無は存在しない、と思われる。その主な理由は、もし完全無なるものが存在するなら、万有は完全に否定されることになるだろうから。完全無が存在するとしたら、それはその基性に則って、万有は完全に無に帰することになるだろう。だが事実はそうではない。そう、万有を完全無化するための展開は未だなされていないのだ。ゆえに、完全無が存在することは不条理である。

　それでは、完全無とは何であるか？ それは心象による虚構の産物である。非妥当な認識によって、すなわち誤謬と混乱を有する認識によって、完全無なるものが表象されるのだ。

　それを生みだす要因の一つを示すことができる。それとは、有限性の特有な展開を、永遠性・無限性に組み込ませたことにある。つまり永遠性・無限性の展開に、無なる概念を押し込んで限定しようとしたのである。永遠性・無限性に直接関係しているかのように無を規定するなら、当然ながら無を超越的なものとして誤認することになる。

　そのようなものとして定めたならば、最高悪のような謬見の袋小路に入り込むことになる。無の終極化または究極化などといった大それた勘考は、際限無しの空転をもたらすのみである。どん詰まりになるだけなのだ。

やはり、無は有限体の活動性の一つなのである。有なる世界秩序の内に存する可滅性すなわち有限体の生成消滅の連鎖運動の一端である消滅としての無だけを抜き出して、それを昇格させたり、権威づけたりすることは誤りである。

　したがって、明知の判断からすれば、完全無あるいは絶無といったものは、無惨な虚像と言わざるを得ない。

79.

有なる秩序の相は実在している。
それゆえ、完全無は虚構である。

　完全無は存在しない。善有の世界が現在するからだ。善有
総体としての世界は無に支配されることなく、正しく活動し
ている。善有総体の変状展開は、依然として最高完全な実有
の内で完全に秩序立って機能している。

　ところが、或る景教徒がこう言った。完全無すなわち絶無
は存在する、と。悪の究理は、悪の究極に向かう。悪は善の
欠如、善の妨害として突き詰めると、やがて終極に到達する
ことになる。悪の終極は絶無である。欠如して欠如して、最
後には絶無となるのだ。全くの無になるのだ、と……。

　彼の信念に従って考察を続けるなら、悪の究理の最後には、
全てを無化するような完全無が待ち受けていることになる。
悪の究理によって善の欠如が果てしなく続くことになるが、
しかし最後には善が皆無となった状態となるのである。

彼からすれば、完全無は深淵な対象であり、また畏怖の念
を抱く対象である。最後の無すなわち完全無の力能において、
全ての善が残らないのだから。全てが無くなる。自己はもち
ろん、自己の永遠性も無化される。自己の内なる能動理性も
無化されるのだ。そして絶無の脅威を心底感じたとき、彼は
それ以上のことは分からない、と語った……。
　把握できないのも当然だ。否、感得できないことが正解な
のだ。完全無など存在しないのだから。悪の根としての絶無
など存在しないのだ。悪の究理の先に、悪の終極など存在し
ないのだ。悪の行き着くところは、それが付帯する対象の善
である。悪は善の欠如すなわち不完全性であった。完全性で
ある善に付随し、善の展開を妨げるもの、それが悪なのであ
る。

80.

悪の道の徘徊者、
無際限に後退する。

　悪は不完全である。悪の展開には、終極性・究極性が存在
しない。諸々の悪を追求し続けたとしても、悪の起源に至る
ことはできないのである。ようするに、悪の展開には終わり
がない、ということである。

　際限なき悪の展開を〈悪性後退〉あるいは〈悪性遡行〉と
私は呼ぶ。悪性後退なるものは、不完全な活動である。当然
ながら、悪性であるために。悪性後退は虚無の展開である。
悪性後退は無際限に続く。そうした後退は、果てしなき悪化
なのである。

　人間だけに限定すれば、或る者が悪意や悪行などといった
悪性後退を展開しているとする。その者の有限性すなわち生
命が持続・保持されているかぎり、その者の悪性後退は無際
限に続く。言い換えれば、その者の悪性は際限なく不完全に
遡行し続けるのである。

しかし忘れてならないのは、全ては大いなる善の内で表現展開している、ということである。すなわち無間の悪性後退もまた善性秩序における一表現であるということ。悪なる善の展開も善の表現なのである。

81.

未練磨なる根源的な善悪の神話。
根源悪は精神の脆弱性がもたらす。

　私は善悪の神話が伝承されてきた環境にあった。そこは討求に適した場所ではなかった。私は異端であった。その成果として、今は自身の内に至純の貴石を発見することができた。私は明知だけに従う、たとえそれが微弱なものであっても。
　事実その知性によって、最高悪が実在しないことが知解され始めた。最高悪なるものは、人間の僭越・無謀な虚構であることが、いまや理解できるのである。
　ところが、過去の私の精神を省みることで疑問が生じる。なぜ（太古において）根源的な善悪二元論が生じたのか？なぜ人間の精神に最高悪の概念が生じてくるのか？
　私は自身のために、それらについて簡潔に答える必要がある。まず明知に従えば、悪は善を妨害するものである。そのかぎり、善と悪は背馳関係にある。善と悪は不一致の関係であるかぎり、善悪それぞれの本髄は異なっている。

166

推測するに、人々は善と悪の相違性を汲み取り、善と悪が拮抗・対敵するものと見なしたのだろう。人々は善と悪が宿敵関係にあると臆見したのだ。こうして、善の起源と悪の起源とに分けられた。すると、善の世界と悪の世界に分断されることは言うまでもない。かくして遠い昔から今に至るまで、人類は二つの起源の対峙・闘争という善悪の神話に惑わされ続けるのである。

　しかし今なら理解できるのだが、根源的な善悪の世界観は無思慮なものである。安易な発想からなるものである。実に、人々の精神は浅膚、安直、素朴である、ということにつきる。現に、私はその神話の根から蕃境の如き精神性を見出す。

　さて、未洗練の善悪二元論を構成するために不可欠な片方である根源悪すなわち最高悪。そのような元悪を虚像した主な動機は、人間精神の脆弱性にあるのではないだろうか。人々は人々にとって不都合なものを拒絶し、厭悪し、そうした対象である諸悪に根源を要したからではないだろうか。言い換えれば、人々は拒絶し、厭悪するものの元凶を奉ることで、あるいは拒絶し、厭悪しなければならない艱難と絶望の現実を神事なものとして定めることで、現実逃避ができると錯覚したのだ。不幸な状況を超自然的力のせいにすることで、人々は自身の心が慰められると妄信したのだ。

そう、人々は精神の脆弱性によって、諸悪の根源を仮構する。元悪を生みだすことで、一時の安心感を得ようとする。精神の脆弱な人々は、自身の辛苦が癒されることを渇求する。

　人々は最高悪を生みだすことで、自身の弱さを正当化できると誤想する。最高悪を表現して、自身の弱さの事実から逃避する。その逃走は成功しているかのように思えた。だがそれは幻に過ぎなかった。それは虚しいものだったのだ。精神の脆弱性による逃避は、無際限な悪性遡行なのだから。往古来今、多くの人々が悪性遡行に陥っているという事実。

　人間は弱い。人間は人間にとって悪しき真実と見なされるものを、心から容認できるほど勇敢で寛仁ではないのだ。人間の精神の強靭性は、希少なものなのである。

82.
最高悪は最大の誤謬である。

　最高悪は、悪主、偽主、狂主、造物主、下級主、悪の創造
者など様々な呼称をもつ。それだけ多くの精神脆弱者に必要
な心像だったのである。

　私は悟った、最高悪は人間精神の脆弱性によって表現され
たものであることを。最高悪は人間の非妥当な想像によって
表現されたものであることを。最高悪は実在しないのだ。

　善悪の神話は、明知の輝風によって吹き飛ばされた。善の
根源と悪の根源との永劫闘争なる物語は、私の内から消え
去った。無風無音の下に、私の精神は在る。

　私は知解した、最高悪を表象し、それを妄信することは、
最低な精神の展開であることを。最高悪は、人間の想像によ
る最大の誤謬または最大の虚構なのである。なぜなら、最高
悪とはいえ、それは造物主だからである。自己の内で悪の根
源を心象し、その仮構を容認することは、自己の考究の根源
を壊滅的に悪化させるのだ。

最大の誤謬は、悪への最大の近接である。逆に言えば、最大の誤謬は、善からの最大の離隔である。事実、それは内なる悪性の展開を極度に増大させ、人間本性である内なる普遍善性の展開を極度に減退させるのである。

　最大の誤謬は、真諦への道を途絶えさせるものであった。それは最も危険な悪の展開であった。最高善による真理秩序が否定されるのだから。最低の誤謬と混乱からなる偽像を彷徨うのだから。最低不幸の悪循環に陥るのだから……。

　とはいえ、最大の誤謬も一表現である。最大の誤謬なる悪の展開もまた善性秩序における一表現なのである。悪なる善の展開も善の表現である。この事実を粛々と受容したい。

83.

最高善へと向かう善の表現。
第一善を討求する善の展開。

真理展開は究極目的に適合・一致する。
第一真理すなわち最高善は終極である。

全ては存在から生起されなければならない。
全ては存在する為の必然的な原因を有する。
第一原因である最高善は必然的に存在する。

最高善は、最高完全な実有である。
最高善は、唯一なる至高者である。
至高の一者に対立者は存在しない。
したがって、最高悪は存在しない。

84.

世界は表現である。
誰の表現なのか？
至高者の表現である。

　至高者とは〈創造されず、創造する自然〉のことである。
言い換えれば、〈創造変状されず、創造変状する自然〉のこと
である。〈創造されず、創造する自然〉は、永遠無限に〈創造
され、創造する自然〉を変状表現[50]する。
　全世界あるいは全宇宙とは〈創造され、創造する自然〉の
ことである。言い換えれば、〈創造変状され、創造変状する
自然〉のことである。全ては〈創造されず、創造する自然〉
である至高者によって創造表現されている。
　この私も〈創造されず、創造する自然〉によって表現され
た一作品である。

50　変様表現

85.

焦熱の砂漠。
ここで数多の命が滅び去ったことだろう。
この砂漠は、無窮の死を抱擁しただろう。
しかし、ここもまた完全な一作品である。
〈創造され、創造する自然〉なのである。

解悟の火種。
微光を放つ内なる深智の発端。
しかし私だけには燦然と輝く。
それは私の純粋性を導く光明。
〈創造されず、創造する自然〉へ。

86.
茫々たる苦熱の砂漠。
砂嵐の吹き荒ぶ異境。

　砂埃が立ち昇って見通しがきかない。商人は寂然として風
の咆哮を受け流す。その自然の表現を黙諾したのだ。よろめ
きながらも、先を見据えて歩く商人。清々しい顔をしている。
　それが気に入らない隻眼。

　夕刻。風は止んでいる。焚火の準備をしたいが、あいにく
周囲には枯木が落ちていなかった。すると、隻眼は商人の学
術的な木簡と紙を駱駝から降ろした。それらは有無を言わさ
ず焚火の燃料となる。隻眼は嘲笑う。
「ここじゃあ、おまえの大切なものは薪代わりにすぎねぇ」
　泰然たる態度の商人。

87.

狼狽える無明の者と平静不動 [51] の者。

　翌日。凄風で荒ぶる砂漠。商人の肉体は限界に達していたが、それでも真如の討究を止めない。

　隻眼は痩躯に、商人を殺して食べよう、などと言い出す始末。隻眼が刀を振り回す。それを制止する痩躯。

　ますます熱風が吹き募る。一行の視界が完全に遮られた。隻眼は蹲り、顔を伏せた。後悔の念に苛まれる隻眼。痩躯が悪鬼の慟哭を聞く。周章狼狽する痩躯。

　一時、風が静まった。心凪ぐ商人は、手の平を広げた。すると砂粒が零れ落ちた。燦爛たる砂は小風に同行した。

51　不動揺、無動揺

88.

私は真実に更生した。

最大の誤謬は去った。

負の連鎖は断たれた。

悪意の円環から脱した。

反宇宙論・反世界論による善は悪である。

普遍宇宙論[52]・本性宇宙論[53]による善は善である。

私の内なる反宇宙性・反世界性は熄滅した。

今は反宇宙論・反世界論に価値を見出せない。

明知によって認識される実在は普遍である。

明知によって認識される実在は実相である。

52　普遍的宇宙論

53　本性的宇宙論

89.

奇異な知すなわち霊知を偽造し、
真世界の真主を求める反宇宙論者。
彼らはこの世界を偽なる世界と定め、
世界の造物主を偽主として憎悪する。

反宇宙論者は、この世界に対して憤懣・積怨を抱いている。
忍耐力なき彼らは、すぐに悪の世界に対して悲憤慷慨する。
恰も借家を借りていながら、そこに悪態をつくかのように。
だが退去しようとはせず、ただ不平不満を露にするのみ。
理不尽に悪罵される世界の家主は、それでも寛容であった。
それゆえに、借家人どもの愚痴はより悪化していった……。

世界全体が善であることを、彼らは知る由もない。
世界全体が完全であることを、彼らは知る由もない。

反宇宙論者は悪しき表現である。
彼らは悪情を活力とする。
自身の魂を蝕む悪を虚構する。
彼らは巨悪の宿敵を偽像する。
精神の脆弱性を正当化するために。

反宇宙論者は無間の苦患に苛まれている。
歪な深憂は、醜い魂から生じる混濁結晶。
彼らの懊悩が決して癒されることはない、
自身が邪悪の根源を表象している限りは。
反宇宙論者は、無際限に魂を悪化させる。

178

90.

反宇宙論者は、抵抗の快哉[54]の熱狂者である。

彼らにとって、自我は悪の世界から強要されたもの。

反宇宙論者は、強制構築された自我を拒絶する。

彼らは奇異な認識によって、自我の再構築に執心する。

　反宇宙論者は、奇異な知性を虚像し、その知性の会得に躍起になる。彼らにとっての知性とは何か？　つまり、彼らが熱願する霊知とは何か？

　それは真主の認識である。偽主の世界を越えた遥か遠い領域に存在する真主の認識である。偽主を心象し、偽主とその偽世界を拒絶し、そして真主を是認し、その真主との本髄的合一によって真主の下に誘われるための認識である。

　反宇宙論者よ、もしおまえたちの神話が誤謬と混乱に陥ったものであるなら、おまえたちが信奉する霊知は、偽知であることになる。事実、共通概念によって世界全体を知解すれば、世界には偽主など存在しない、ということに帰結する。

54　反発の快哉

真と偽の二主が実在することは不条理である。ゆえに、偽主なるものを作為して、それを拒否し、そして真主なるものを是認する知性は誤想であることになる。そう、おまえたちの奇異な知性は、単なる偽像なのである。

　反宇宙論者よ、おまえたちは不純世界で生きながら、純粋世界に誘われることを熱望する。この現実を不純と定め、現実に反する目的で夢想郷を想像する。だが、おまえたちはそのことに反論するに違いない。では、純粋世界が空想すなわち非現実の産物でないとするなら、それは現実であることになる。ならば問いたい。現実に恐怖し、現実を拒絶する者たちが、なぜゆえ、純粋世界なる現実を真に認識し、真に肯定することができるのだ？ なにゆえ、おまえたちが至高の純粋者と合一することができるのだ？

　反宇宙論者よ、おまえたちは悪情からなる現実拒絶によって現れる真主を偽造する。そうすることで、現実から生じた諸々の脅威に戦慄する自身が正当化される、と謬見を抱く。無意識的に、惨めな自分をも拒絶したいのだ。無意識的に、自身の気弱性をも拒絶したいのだ。何とも卑しい行いではないか。おまえたちの負の活動は、幼稚な現実逃避にすぎない。現に、その逃避には悪情を刺激する快がともなう。その執拗な快は毒薬である。

憎悪の快に溺れる精神の脆弱な者たちよ。確かに、おまえ
たちは自己の肉体をも嫌悪している。だが憎悪なる情念は肉
体の刺激である。自己の肉体を嫌悪することで、自己の肉体
の刺激に溺れているのだ。肉体の感覚に服属する者たちよ、
おまえたちは不知の矛盾を犯している。なぜそのことに気づ
かない？　そもそも肉体は魂と同様に、邪悪なものではない。
肉体と魂は同根なのである。

　不知の矛盾を抱えた者たちよ。結局、おまえたちはこの世
界を批判することでしか、この世界で立つことができないの
だ。実に貧弱な存在である。

　おまえたちの要性から抵抗の快哉が生じる。反宇宙論者は、
反抗による快に泥酔し、その勢いのままにこの世界の諸々の
価値を破損させようと企む。しかし、おまえたちの批判程度
では、この世界の価値の輝きが失われることは決してない。
おまえたちの意に反して、この世界は全く無瑕のままである。

　一方で、無際限に悪性後退する者たちよ、おまえたちの世
界の合目的性への否定は、おまえたち自身に返ってきている。
世界秩序を否定することは、実は悪なる善であるおまえたち
自身の（反宇宙思想）展開をも否定していることになるのだ。

91.

反宇宙論者は、現実を冒涜する。
だがその悪罵は自身に跳ね返る。

反宇宙論者は、自身に真の価値を見出せない。
反宇宙論者は、世界に真の価値を見出せない。

ところが、世界は反宇宙論者すら受け入れている。
彼らもまた世界の一部としての役割を担っている。
しかしそれは、世界秩序における悪なる善として。
その観点において、彼らの悪念は肯定されるのだ。

反宇宙論者は言う、
人間は賦性的に至高者とは無縁である、と。
しかし、事実は違う。
至高者に内在する全存在は有縁である。

反宇宙観からすれば、
運命とは支配力・拘束力によって生じるもの。
しかし、事実は違う。
運命とは親和力・秩序力によって生じるもの。

私は反宇宙論者に願う、
世界と自身を肯定し、愛惜できますように。
世界の運命から浄慧を授かれますように。

92.

熱風の舞。
砂が渦巻となって踊る。

流砂に埋もれてしまった宝。
それは忘却された私の浄慧。
まだまだ未熟なものである。
だが私はそれを取り戻した。

失われた不滅の充溢。
自己改善の無極究理。
真如探討による内省。

私の深智は不熟ながらも魂を導いていく。
その活動でしか獲得できない真如がある。

93.

明知の奉仕者に、有終が開かれる。

　旅の終期の証が表現されている。一行は湖跡に到着した。
「ああ、蒲昌海 [55] だ」
　かつて広大な塩湖があった地帯である。だが、商人には雄
大な湖がはっきりと見える。それは幻覚妄想の類ではなく、
時無の相で事物を観取しているためである。
　ともかく、ここに辿り着いたことは目的地が近いことを意
味する。商人の知る物が隠されている場所は遠くないのだ。
　完全に干上がった鹹湖を通る。突如、炎熱の暴風が起こっ
た。一瞬で方向が分からなくなってしまう。幸い近くに、大
きな胡楊の枯木を見つけることができた。一行はその木陰の
下に潜る。すると即座に涼しさが提供された。楼蘭では木の
価値が高い。旅人にとって、たとえそれが枯木であろうとも
命を繋ぐ有難きものであった。

55　ロプノール

ところが、ここまで来たのに見る見る体調が悪化していく
隻眼。強い虚脱感に陥った彼は、悔し泣きをしていた。
　痩躯は悵然として溜息を吐いている。彼は本当に財宝があ
るのかどうか、疑心暗鬼に駆られていた。

94.

陽炎が揺れる砂漠。

それに淡く反応する悪性。

可滅の悪意と悪行が衰弱する。

それも一者による表現である。

　隻眼は高熱と瀉腹に襲われていた。生水が原因か、それとも砂漠の呪いか……。

　痩躯は商人に麻黄はないかと尋ねた。商人は首を振った。

　商人は死が訪れるのを静かに待っている。それでいて、彼は不断の怡楽にあった。実相を黙想しているがために……。

95.

深智の討究。
荒々しき雷雲を突破。
無辺際に拡がる蒼穹。
そこは純乎たる精神界。

蒼天は流転する。
一回性なる夜の上天。
星辰が金剛石のように瞬く。
永劫に輝く星々を近く感じる。

摂理による星辰運行。
諸天の不可欠性。
宇宙の完全調和。

96.

宇宙における純粋知性。
万人は、それによって一者を悟る。
一者の認識は共通である。
万人に植え付けられた一者の概念。

人間は潜在的に知者である。
実相を知解することができる。

永遠無限なる真如の観想。
いや、いまだ観想の端緒なのかもしれない。
確かなのは、深智の討求は私の全てを惹きつけ、
私の精神が能動的に展開していることである。
私は自己の内なる知恵による浄福に一心する。

97.

必然の表現。
不滅性の遍在。
可滅性の循環。
万有の諧和。

秩序における関係連鎖の実在性。
実在するかぎり、全て善である。
宇宙において全てに意義がある。

全ては一定の仕方で存在し、決定されている。
全ては一至高者の内で表現された有様である。
全ては至高者なる主体の顕現なのである。

98.

至高者は実体 [56] である。

実体は全てを内含する。

実体に外は存在しない。

　全ては一である。全ては実体の内に在る。全ては実体によって構成されている。ゆえに、全ては実体なしには存在することができないのである。

　そのため、もし実体の統宰する領域の外が存在するなら、実体はその外方に関知してないか、あるいは関心がないか、もしくは支配できないか、といったようなことが生じる。

　しかしながら、実体は最高完全な実有である。実体は自己の最高完全性に基づいて全てを内包している。見方を変えれば、全てを完全に創造し、全てを完全に知解し、全てを完全に統制する実体との内的関係なくして、全ては存在することができないのである。したがって、実体の外側は存在しない。

56　「本体」、「理体」、「真体」、「真理本体」など。「実体」と同義。

全ては実体である至高者の内に在る。そのため、至高者の所領の領外・権外などといったものは存在しなかった。それでは、反宇宙論者によって伝承されている充溢なる世界も至高者の内に存在するのだろうか? 至高者の内に、そのような世界は存在しないと思われる。

　ところで、宇宙は無限に存在するだろう。全宇宙は至高者の真理が遍在しているだろう。そうであるなら、すなわち全宇宙が満遍なく真理で満たされているなら、全宇宙は至高者によって、余すことなく完全に承認されていることになる。換言すれば、全宇宙は至高者の恩恵を同様に受けていることになる。それゆえ、至高者が贔屓している、もしくは特待している超自然的な世界は存在しないことになる。このことから、至高者の内には別格な要所としての充溢なる世界も存在しない、ということになる。そう、そもそもそのような世界など存在しないのだ。唯一の理体の内に、遍在的に表現されているものが全てなのである。

　だから、たとえこの宇宙以外に無数の宇宙が在るとしても、全宇宙の姿の外が存在するのは不条理である。無限の宇宙相は、一なる宇宙群として捉えられる。一宇宙群すなわち全宇宙は、もれなく至高者の内に存する。むろん、私たちのいるこの宇宙も同様である。

全宇宙は至高者の内で関係変様する。至高者は変様存在の本体である。全ては至高者の変様表現である。至高者は、自己の内で自己の有様態あるいは変状態を創造表現している。言い換えれば、自己の内で無数の変状存在態を無限に発現または顕現させているのだ。当然ながら、至高者はその内なる表現よりも順序が先である。至高者はその変様表現に先立つのである。したがって、実体である至高者は内在的原因である、ということになる。

99.

内在的原因は一者である。
複数の第一原因は存在しない。

　至高者は一者である。至高者は唯一無二の実体である。至
高者である実体以外に、他の実体は存在しないのである。そ
れゆえ、至高者は決して分裂するようなことはない。さらに、
至高者は他の至高者を産出するようなことはない。

　まず、至高者の分裂について。すなわち、至高者が分裂し
て増えることはあり得ない。もし至高者が分裂するなら、必
然的に至高者の神的本質も分裂することになる。至高者の本
質によって至高者は定立される。だがその本質が分裂し増え
たとするなら、もはやそれは本質と呼ばれるものではない。

　それでも至高者が分裂するものとして仮定した場合、或る
至高者が本質を保持し、残りの至高者が非本質の実有として、
至高者の最高完全なる本質活動を行う、といったことも想像
できる。しかしそれは不条理である。非本質なる者が、世界
の統宰者または創設者として実在することは不可能である。

194

次に、至高者が別の至高者を産出することについて。すなわち、第一原因である至高者が自己と同等の力をもった（同じ能力を有する）他の至高者を産出することはあり得ない。

　たとえそうだとしても念のため、第一原因から別の第一原因が産出されるものとして仮定してみる。その場合、或る第一原因から産出された或る第一原因の絶対性に疑問が生じる。すなわち、産出された第一原因の絶対性は、産出した第一原因よりも低劣なものではないのか、ということである。

　所産は産出によって。所産よりも産出が優先される。そのため、産出された第一原因は、自己を産出した第一原因よりも劣っていることになる。産出された第一原因は、産出した第一原因から絶対性を相承するのであれば、産出した第一原因の方が優れていることになるのだ。だが、複数の第一原因の間で優劣が生じることは、第一原因の絶対性に矛盾する。

　そもそも、産出されることは制限・強制されることである。ゆえに、第一原因から別の第一原因が産出されるなら、産出された方はもはや第一原因ではあり得ない。

　それでも第一原因が複数存在し、各々が自己の絶対性に基づき共同・連帯して世界を展開させていると仮定する。その場合、世界は複数の異なった究極的理法によって構成されていなければならない。

しかし、そうしたことは起こり得ない。まず、第一原因が複数存在することで、各々は必然的に制限・強制し合うことになる。だが本来、制限・強制されないものが、制限・強制されることはない。なにより、第一原因は他の何ものにも制限・強制されない絶対的な真理本体である。それゆえ、各々が各々の絶対性によって各々の永遠真理を制限・強制し合うことは、第一原因の絶対性に不条理を生じさせることになる。

　そのうえ、各々の絶対性から各々が共同・連帯することも、ましてや妥協・譲歩し合うこともあり得ない。そうしたものは何ものにも制限・強制されない絶対性の働きではない。

　そこで、私はこう断言する。絶対秩序の構成を知解するかぎり、第一原因は唯一の実体なのである、と。第一原因から別の第一原因を生みだすことはあり得ない。言い換えれば、〈創造されず、創造する自然〉から別の〈創造されず、創造する自然〉が産出されることはあり得ないのである。

　第一原因は全ての本体である。第一原因の内に全ては在るのだ。つまり、一なる〈創造されず、創造する自然〉と無限に存在する〈創造され、創造する自然〉が全てである。換言すれば、一なる〈創造されず、創造する自然〉と、その最高完全性に即して無限に変状表現される〈創造され、創造する自然〉以外の存在は、何ものも認められないのである。

196

以上のことから、第一原因は最高完全な実有である、とい
うことに帰結する。第一原因の創造活動は、最高完全な自己
表現である。その表現は絶対自由性である。第一原因は他の
何ものにも制限・強制されず、自己の絶対本性の必然によっ
て創造表現する自由原因である。

　したがって、第一原因は他のいかなる原因によっても創造
されることはない。他のいかなる原因によっても限定される
ことはない。他のいかなる原因も必要としないのだ。これら
のことは真理である、と考えられる。

100.

最高完全な実有は、永遠に創造表現に専心する。
全ては最高完全な実有の最高完全性からなる。

　実体は自由原因である。すなわち、実体はそれ自身によっ
て存在する唯一の完全自律者である。そのような実体によっ
て、実体の変様として表現された存在総体は、実体の内で各々
が絶えず関係しながら展開している。

　全存在は実体の変様であるかぎり、完全なものである。な
ぜなら、実体は最高完全な実有であるからだ。最高完全な実
有は、自己の最高完全性に即して絶えず創造表現している。
全ては最高完全なる実体の完全なる変様表現である。

　それでは、最高完全な実有は、余力を残すことなく創造表
現しているのだろうか？　明知によって、最高完全な実有は、
自己能力の出し惜しみなどしないと考えられる。その者は丹
精を込めて自己表現している、ということである。そう、最
高完全な実有は、自己の本性に基づき常に真剣なのである。

もし最高完全な実有が、粗雑に、不十分に活動するような
ことがあれば、その者の神的本性と矛盾することになる。言
い換えれば、最高完全な実有が全力で自己表現しない、完全
に自己表現しない、といったようなことがあれば、その者の
最高完全性は否定される。

　そのうえ、最高完全な実有が何かを創造する構想があった
が、つまり何かを創造するつもりであったが、しかしそれに
躊躇したり、難渋したりして、結局その何かを創造しなかっ
たと仮定する。この場合もその者の本性と矛盾することにな
る。何かを創造したいが何かしらの理由でそれを止めてしま
う、といったようなことが起こるなら、もはやそれは最高完
全な実有と呼ぶには相応しくない。

　当然ながら、最高完全な実有の神髄は、不完全なものでは
ない。たとえば、躊躇、難渋、吝嗇、懶惰（怠惰）などといった
ものは、不完全性から生じるものである。だからそうしたも
のが、最高完全な実有の神髄に該当するなら、その者は自己
の内で不完全に表現していることになる。もしそうであれば、
最高完全な表現者として失格である。だが事実はそうではな
い。全ては最高完全者の内で完全に存在している。やはり、
最高完全者の変状表現は完全なのである。

結論として、最高完全な実有は、自己の必然的本性に基づき全力で活動している。その者は永遠に自己能力を全開して完全なる自己表現に専心しているのだ。最高完全な実有は、なすところをなさずにいるようなことは絶対にしない。全世界はこれ以上の完全がないほど、完全に創造表現されている。全ては最高完全な実有によって善いのである。

101.

最高完全な実有は、絶対なる至福者である。

人間の至福は、その至福者を観想すること。

　神的至福なる秩序。その内の一端としての生成消滅なる展開において、有限体の可滅性はその基性に従い滅びる。そして、有限体の不滅性だけが残る。それは能動知性である。

　不滅の純粋精神によって観想された実相。全ては至福の内に存在する。最高完全な実有は至福者である。実相を観想する者は、至福者との魂の関係を覚知する。至福者を専意することは、至福者によって専意されることでもある。

　私は観想によって、至福者の絶対的本性を表現する。私のその表現は永遠である。絶対なる至福者を表現することは、自己の魂を永遠なる理想へ導くこと。

　人間であることを無限に超えようと努める者は、真の人間である。不死の真理を求める者は、不死の真理に誘われる。浄慧の討求者による至想の境地。すなわち、不死性に肖り、最高善に専念すること。

ここで言う最高善とは、厳密には最高完全な実有のことではない。それは人間における最高活動のことである。人間の最高活動としての最高善は、いかなる場所であれ、実行することができる。その活動は、最高完全な実有を観想することである。人間の最高善なる活動は、最高善を観想することなのである。観想は人間における最高幸福すなわち至福である。

102.

至福の魂は理想へ。
理想は世界霊魂である。

一つの大きな松明。
無窮の小さな松明が
それから点火される。
炎が炎を生みだすように。
霊魂が無極の霊魂を。

全ては関係である。
永遠なる魂は関係する。
一の大いなる魂としての理想となる。
そして無尽の小なる魂を遍歴させる。
私は理想の完全展開を観想する。
ああ、魂の壮美なる神秘よ！

103.

立ち枯れる胡楊。
私の魂は枯死しない。

　この旅の終結が近づく。一行はついに目的地に到着した！
楼蘭の遺跡の一つに辿り着いたのだ。ところが、歓喜に酔い
しれる者は誰もいない。それどころか、隻眼は力なく倒れ込
んだ。不調がさらに悪化していたのだ。痩躯の方は身も心も
困憊し、座り込んでいる。
　早速、商人は或る物を探し始めた。胡楊の枯木が空に向
かって屹立している。その枯木に古びた赤布が巻かれていた。
その布は商人を招くように靡いている。彼はそこに向かった。
　商人は赤布が巻かれた胡楊の枯木の横を手で掘っている。
やがて枯木の破片を手に取り、それで穴を掘り続けた。
「従者に救われた私の命が、あの財宝を見つけてくれよう。
価値の萌芽を植え付けるのだ。全ては宇宙の糧となる……」

104.
真如の光は、塵ですら輝かす。

しばらくして、商人は財宝を確認することができた。掘られた穴から甕が出てきたのだ。その中には、数十枚の五銖銭と檉柳の筆、それに一巻の矩形の木簡が収められていた。

それは細長く板状に切られた木の一枚一枚が紐で束ねられていた。文字を書き慣れていないせいなのか、ぎこちなさが墨書に表れている。それは息子が母親に宛てたものであった。木札の束には、息子が物を略奪し、人を殺したことの後悔が綴られていた……。それこそが秘宝だったのだ！

商人はその木簡を持って盗賊たちのところに戻った。
「これだ。私の親愛なる従者が、おまえたちに見せたかった物がこれなのだ……。おまえたちにとって価値ある物だ！私と従者以外、誰にも知られなかった木簡だ。私には持ち出すことができなかった。これは年老いた母親に捧げられたものだ。これは哀詩なのだ。母親はこれを大切に保管してあったのだろう。それがここにある！　さあ、持ち帰るがいい！古人の悔恨の言葉を聴け！　共感するがいい！」

105.

太陽が燃え盛る。
光耀の終局を迎える。

　商人はなすべきことをなした。彼は既に殺される覚悟がで
きている。しかし、彼の魂は真に充実していた。
　隻眼はもはや動ける状態ではなかった。痩躯の方は、放心
状態が続いている。しばらくして、彼は大きくため息を吐い
た。ようやく立ち上がった痩躯。彼は意識朦朧の隻眼を抱え
る。そして、なんとか隻眼を駱駝に乗せることができた。そ
のあと少しの間、痩躯は商人を無言で見詰めていた……。
　痩躯は来た道を振り返る。彼は隻眼を連れて、その場を後に
した。二人を乗せた駱駝たちは砂煙の中に入り込んでいった。
直ぐにその姿が見えなくなった。盗賊たちは去ったのだ……。
　真実の地獄から解放された商人。殺されずにすんだが、全
てを奪われてしまった。それでも、安堵の胸をなで下ろす。
内なる永遠の真理だけは残るのだから。

106.

斜陽の残光に目が眩む。

私は楼蘭遺址を後にした。

暫く故郷の方角へ歩いている。

すると、砂丘が見えてきた。

私はその上から一望する。

風紋。

風の嘆きによる模様が無数に刻まれている。

私はその哀情の痕跡を踏みながら進んできた。

幾つかの風の哀詩は、私の足跡によって消散された。

風紋が刻まれた砂漠で、独り佇む。

それは世界の完全な一表現なのだ。

倉石 清志（Seiji Kuraishi）

1975 年福岡県生まれ

長崎純心大学大学院博士後期課程修了。博士（学術・文学）

専攻は哲学、文学

〔著書〕『創られざる善 創作に関する書簡集』、『隠者の小道』、
　　　　『永劫選択』、『最も近き希望』、『陽だまり 他一篇』、
　　　　『尊敬についての随想』、『夢想』、『多くの一人』（監修）

風紋哀詩

2022 年 6 月 15 日　第一刷 発行

著　者　倉石 清志

発行者　森谷 朋未

発行所　Opus Majus

印　刷　中央精版印刷株式会社